U0115121

一代名家

YI DAI MING JIA

中国画报出版社

前 言

伟大的中华，历史辉煌悠久，文化博大精深。深情广袤的祖国母体，富蕴智慧的文化血脉，哺育了无数华夏精英。他们的风骨，他们的气节，他们的不朽业绩，挺起中华民族屹立于世界的脊梁！

江山代有才人出，各领风骚数百年 。中国改革开放以来，从农村到城市，从沿海到内地，中华儿女聚集在共和国的旗帜下，开始了中华民族复兴的伟大进军。各条战线名家辈出，或为艺海巨擘，或为科技骄子，或为人文俊杰，或为武林大师……他们在不同的领域和工作岗位上，为了现代中国的繁荣昌盛，勇于探索，锐意创新，恪尽职守，用赤子般的忠诚，谱写了中华民族新时代的华彩乐章。他们在不懈追求中留下的闪光足迹，昭示着无怨无悔的人生追求；他们的英名犹如璀璨的星斗，闪耀在神州的浩瀚长空。

受一种强大使命感的召唤，为了鉴证当代，激励未来，我们开始了《一代名家》的编辑工作，在与本书入选主人公的沟通与交流中，我们被他们的人生业绩、奋斗历程和人格魅力深深吸引和感动，我们为伟大祖国的优秀儿女感到骄傲和自豪！我们相信：把这部凝聚着民族精神宝贵财富的大型文献奉献给我们生活的时代，是我们神圣而光辉的使命。

这是一座富含金矿的人生宝库，这是一首荡气回肠的强者之歌。我们衷心期盼广大读者从中感受主人公的人生境界和壮美情怀，并以此定位人生坐标，万众一心，发奋图强，共同开创中华民族的美好未来！

本书在编辑过程中得到了有关领导、专家和社会各界的大力支持，谨致以衷心的谢意！

对本书中的不足之处，望广大读者批评指正。

名家

MING JIA 目录

排名不分前后

冷静，睿智，深邃

像罗丹的《思想者》

又像是浩邈旷宇中的奕奕星辰——

燃烧自己，烛照人间……

"科教兴国，人才强国"

他们辛勤耕耘，他们呕心沥血

谱写出强国富民的华彩乐章。

WANG WEIYU

王炜钰

澳门厅

王炜钰，清华大学建筑学院教授，国家一级注册建筑师，中国建筑装饰协会咨询委员会专家组成员、北京市建筑装饰协会专家组成员、中国建筑学会室内设计分会资深会员。

　　王炜钰出生于1924年，1945年毕业于北京大学工学院建筑系建筑学专业，获学士学位。任教五十余年，多次获先进工作者、三八红旗手等光荣称号。1964年当选第三届全国人民代表大会代表，随后连选连任为四、五届全国人大代表，北京市七、八、九届人大常委，北京城市建设委员会委员，圆明园管理委员会委员，同时还兼任其他社会工作。

　　1989—1997年两次获国家自然基金批准研究项目《亚洲建筑比较研究》和《东亚建筑理论与实践》，完成《亚洲建筑比较研究》等重要科研论文数十篇，以及译著《图解室内装饰设计方法》等。

　　1981年代表中国建筑师参加在波兰召开的世界建筑师代表大会，并赴南斯拉夫和法国访问，1985年参加中国人大常委会代表团访问澳大利亚、新西兰，1999年参加在北京召开的世界建筑师代表大会，并在相关论坛发言。

　　2004年王炜钰获全国装饰协会颁发"有杰出成就的资深室内建筑师"称号。"重庆文化艺术中心方案"1987年获文化部颁发一等奖；"人民大会堂澳门厅室内设计"1995年获新西兰羊毛局室内设计大奖赛大奖、1999年获全国建筑装饰协会近二十年来优秀设计一等奖、1999年获北京市第二届建筑装饰成就展览会优秀设计奖；"人民大会堂香港厅室内设计"1997年获新西兰羊毛局室内设计大奖赛大奖、1999年获全国建筑装饰协会近二十年来优秀设计一等奖、1999年获北京市第二届建筑装饰成就展览会优秀设计奖；"人民大会堂全国人大常委会会议大厅"1999年获中国建筑学会室内设计分会1999年首届室内设计大奖赛荣誉奖、1999年获全国建筑装饰协会近二十年来优秀设计一等奖、 1999年获北京市第二届建

河北厅

清华主楼

河北厅

小礼堂

筑装饰成就展览会优秀设计奖；"北京八一大厦阅兵厅及南门厅室内设计" 2002年获全国室内装饰协会大奖赛特别荣誉奖；"清华大学主楼室内设计" 2001年获中国建筑学会室内设计分会室内设计大奖赛二等奖 、2003年获教育部颁发建筑装饰一等奖；"福建人民大会堂室内设计（礼堂、门厅）" 2001年获全国建筑装饰协会优秀建筑工程装饰奖；"人民大会堂小礼堂室内改造设计"获新西兰羊毛局室内设计大奖赛优秀作品奖、2002年获全国建筑装饰协会建筑工程装饰奖；"人民大会堂河北厅" 2002年获 "史丹利杯" 中国室内设计大奖赛佳作奖、2004年获全国建筑装饰协会建筑工程装饰奖。

香港厅

ZENG JIAN

曾坚

曾坚，1925年1月生于上海。专长室内设计、家具设计。1947年6月毕业于上海圣约翰大学。1979年至1985年任中国建筑学会副秘书长。1989年被选为中国建筑学会室内设计分会会长。（2000年被选为该会名誉会长至今）。

曾坚1948年至1950年随德籍教授RICHARD PAULICK在时代室内设计室任设计员。1952年至1970年先后在华东及北京工业建筑设计院任室主任，兼做室内设计工作。1980年至1983年创建中国在港第一个设计单位，华森建筑与工程设计顾问公司任第一任经理。1985年至1997年与加籍华人彭培根合作创建第一个中外合作设计事务所——大堤建筑事务所任副总经理12年。

曾坚所设计的或与人合作设计以及主持设计的工程有：1948年至1950年在时代室内设计室曾做荣毅仁居家的室内设计及家具设计；1956年上海青年宫剧场室内设计及排椅；1957年上海歌剧院剧场室内设计及排椅；1958年中共中央八届七中全会在上海锦江饭店小礼堂举行，设计全套家具（包括会场扶手椅、个人会议桌、休息厅家具及后台家具等）；1959年杭州饭店小礼堂全套会议家具；1959年杭州刘庄等两处毛主席住宅的整套家具；1960年毛主席在北京中南海住宅全套书房、会客室、卧室家具；1960年上海新建虹桥机场全套家具；1961年援建蒙古人民共和国政府大厦、国家迎宾馆及百货公司三大工程（一万件）家居的设计及监制；1961年上海嘉定一条街全部服务行业、商店用家具；1963年北京东高地典型住宅的室内设计及家具；1963年民航从英国购买的七架子爵号飞机改装为首长专机，全部舱内设计及家具设计；1963年新建长江客轮部分客舱的室内设计及家具设计；1964年莫斯科—北京国际列车的高级包房及专车的室内设计及家具设计；1972年当时新建北京饭店新东楼，设计所有客房、会议室的全部家具；1972年北京拟建国宾馆室内设计及家具设计（设计完成未建）；1974年周总理赠送坦桑尼亚总统尼雷尔，赞比亚总统卡翁达各一辆坦赞铁路用的总统专用火车车厢，车厢内部设计及家具设计；1976年为毛主席纪念堂

设计全部家具；1978年国家图书馆钢书架设计及全部家具（已设计完未用）；1979年上海锦江饭店样板间设计；1989年首都机场国际航空公司头等舱候机室室内及家具设计；中国革命历史博物馆1995《人与居住》展联会展出的小营住宅区住宅足尺模型的室内与家具设计；1993年中国经济开发投资公司天安大厦证券交易所室内及家具设计。1995年中国农业大学报告厅室内及家具设计；1995年任名格家具厂总设计师，为名格厂设计二十多种品种、弯曲木家具十万多件在北京市场销售。1996年约瑟王俱乐部室内及家具设计；1996年《北京住宅多功能组合设计竞赛》一等奖。

其创作理念：室内设计中普通存在着矛盾，设计人做设计就是化解这些矛盾，并在化解矛盾中建立设计理念。

1. 传统与现代

为了避免在国际"全球化"的趋势影响下造成室内设计文化国际化、同一化的倾向，应当从理论到实践探索"具有中国特色的现代室内设计风格"。这个风格即崇尚传统，但不搞复古，即追求现代，又不抄袭西方。让传统和现代在室内设计中浑然一体。

2. 创新与抄袭

我们每天从事设计，其实设计就是创新。我们从事的设计必须是过去没有的。如果照搬自己过去的设计，这叫重复，不叫设计；如果沿用别人的设计，这叫抄袭，更不叫设计。在室内设计中，不断地创新，才能使室内设计的"专业革命"持续和持久的发展，并不断攀登新的高峰。

3. 豪华与朴实

20世纪50年代，前苏联专家给我们带来了室内设计专业的同时，也给我们带来了室内装修豪华浪费之风。这不仅表现在大型民用建筑室内，连普通住宅装修也是如此。社会上乃至我们业内都有一种误解，认为设计得高级，就必须多花钱，因而装修造价扶摇直上、居高不下。如何发挥设计潜力，做出低造价高质量的设计是设计人员当务之急。

4. 简约与繁琐

室内设计中的繁琐风气，久久难以摆脱。1999年国际设计界出现了极少主义，或称简约主义。简约主义主张在满足功能的情况下，尽量减少不必要的装饰，充分显示简约之美。这对减少过去设计中存在的豪华、繁琐的风气有积极作用。

5. 功能与形式

设计中普遍存在重形式轻功能的现象，有的甚至脱离功能而在形式上做文章。造成有的设计浪费了金钱而使用不佳。对待这些现象，应树立室内设计专业是因功能而存在，形式应服从于功能的观点。

XUE WENGUANG

薛文广

薛文广设计作品

薛文广设计作品

薛文广设计作品

薛文广，正教授级高级建筑师、国家一级注册建筑师，1935年出生于安徽。1961年毕业于同济大学建筑系建筑专业，毕业后留校任教。曾任上海同济室内设计工程公司总经理、总设计师，山东菏泽市兼职副市长，上海市建筑师与建材企业家协会副会长，上海同济室内设计工程有公司名誉总经理、总设计师，上海文华室内艺术与工程学校校长，英国剑桥国际名人学会会员。享受国务院政府特殊津贴。2003年上海市建筑装饰与装修待业协会授予"上海市特许高级资深室内建筑师"称号，2004年先后被建设部中装协和中国建筑学会室内设计委员会授予"全国有成就资深高级室内建筑师"奖牌，被评为国家建筑招投标市场高级专家评委。

ZHANG SHILI

张 世 礼

张世礼教授，1938年出生于河南省，1964年毕业于中央工艺美术学院。曾任中央工艺美术学院副院长、室内设计系主任、环境艺术研究设计所所长，现任中国建筑学会室内设计分会会长，并为亚洲室内设计学会联合会轮值国会长；国际室内建筑师／设计师联盟（IFI）中国地区会长。

（上 下）人民大会堂陕西厅（主要参与设计者：涂山，张石红）

外交谈判大厅

张世礼教授在三十多年专业工作中完成了钓鱼台国宾馆、中国大饭店、银轮宾馆、澳门特派员公署大楼、军委办公楼、外交部大楼、外交部驻外大使馆、人民大会堂等部分室内设计任务，其中银轮宾馆、军委办公楼室内设计在参加全国展览中获金奖、一等奖，还有部分项目获得二等奖、优秀奖。室内设计是系统工程设计，要依靠一个团队来完成，张教授很多作品的主要合作者是原工艺美术学院环境艺术设计所总设计黄林教授。

张世礼教授注重发扬民族文化，创造具有中国特色的室内作品。近年来，在室内设计中重视陈设艺术设计，发表相关的论文。同时在中国书画研究及创作中也有较高的造诣，作品为外交部驻外使领馆、中南海及人民大会堂等单位使用，照片收入一些画册。

在领导工作岗位上主张教学、科研和社会实践相结合，成立了中国第一个甲级资质的环境艺术研究设计所，完成一些国家重要工程设计任务，培养了一批专业设计骨干。1989年代表学院与兄弟单位共同创立中国建筑学会领导下的室内建筑师学会任副会长、会长至今。团结全国室内设计师，开展广泛的专业学术活动，为中国室内设计业发展做出了一定的工作。

大使会客厅

1999 回归编钟

锻铜〈春韵〉

ZHOU JIABIN

周 家 斌

钓鱼台国宾馆（会客厅侧面）

周家斌，1988年毕业于清华大学建筑系建筑学专业（在读博士）。1988年分配到钓鱼台国宾馆工作；1993年任钓鱼台国宾馆局长助理；2000年8月任北京现代应用科学院院长，12月兼任中国室内设计学会秘书长；2002年8月挂职任北京市房山区人民政府区长助理。现任北京现代应用科学院院长、中国建筑学会副秘书长、中国室内设计学会副会长兼秘书长、亚洲室内设计联合会轮值国秘书长、国际室内建筑师／设计师联盟中国区副会长兼秘书长。

　　周家斌毕业后分配到钓鱼台国宾馆工作，曾任局长助理等职，负责中央领导的会议场所及居住楼号的室内设计工作和后勤基建管理工作。其设计作品多次得到中央领导的表扬。1997年出版个人作品专集《钓鱼台国宾馆专集》；主要作品：钓鱼台国宾馆10号总统楼、12号总统楼室内设计，钓鱼台国宾馆17号楼、14号楼、15号楼、4号楼、8号楼室内设计，钓鱼台国宾馆北大门等，河南省中原国际博览中心室内设计，内蒙古新城宾馆1号楼、3号楼、5号楼及主楼室内设计，包头青山宾馆室内设计，天津迎宾馆室内设计等。曾获"全国杰出中青年室内建筑师"和"中国优秀中青年室内建筑师"称号。

钓鱼台国宾馆四季厅（多功能厅）

钓鱼台国宾馆（首长会见厅）

RAO LIANGXIU

饶良修

饶良修设计作品

饶良修设计作品

饶良修，1938年生于江西南昌。1963年毕业于中央工艺美术学院室内装饰系（现清华大学美术学院环境艺术系）。曾任建设部建筑设计院室内设计研究所第一任所长，深圳华森建筑与工程设计顾问工程公司副总建筑师、室内设计部经理。高级建筑师，资深高级室内建筑师。现供职于中国建筑设计研究院环境艺术设计研究院，任顾问总建筑师。

系"室内设计与装修"杂志顾问，"家饰"杂志编委会委员，"中国室内设计年刊"主编，中国建筑学会室内设计分会常务理事、副理事长、学术委员会主任，中国建筑装饰协会专家工作委员会专家，建设部全国工程建设标准设计专家委员会建筑专业资深委员。

饶良修著有《钟华楠谈室内设计》、《毛主席纪念堂装修图集》、《体育场馆剧场影剧院家具》、《中国现代旅馆室内设计》。先后在《建筑知识》、《科技与生活》、《家饰》、《美术》、《建筑画》、《安家》、《中国建筑装饰装修》、《室内设计与装修》等杂志上发表文章及作品。曾参加大型图书《建筑设计资料集》的编辑工作，主编第9册"装修构造"篇。参加编制政策性技术性文件、标准、规程有：《商品住宅装修一次到位实施细则》负责编写"室内设计"部分，《全国房屋建筑设计技术措施》分工撰写第十二章"室内装修"部分，《建筑产品选用技术》手册，负责建筑产品"室内"部分。主持编制技术性文件、标准、规程有：《室内装修》国家建筑设计标准图集1-3册，《建筑吊顶工程技术规程》。

参加、审核、审定室内设计工程项目近百项，主要项目有：中国美术馆外檐装饰设计；灯具、建筑五金开发研究；援助巴基斯坦国父真纳墓巨型主题吊灯设计；塞拉里昂政府办公楼家具设计，（1984年获国家级设计银奖）；巴基斯坦综合体育设施灯具设计家具设计，（1984年获建设部优秀设计奖一等奖，1986年获建设部优秀设计奖）；巴基斯坦文化馆中心装修与灯具设计；毛主席纪念堂内部照明设计；伊朗亚运会体育建筑展示设计；中华人民共和国建筑成就展览会展示设计；北京梅地亚中心室内设计灯具及日本餐厅设计，（1994年获国家设计银奖；1993年获建设部优秀设计二等奖，获北京市建筑装饰工程奖）；郑州亚细亚宾馆中餐厅室内设计；山东曲阜阙里宾舍室内方案设计，（1989年获国家质量优秀奖）；山东泰安岱顶宾馆（神憩

饶良修设计作品

饶良修设计作品

饶良修设计作品

饶良修设计作品

宾馆)室内设计;杭州西湖国宾馆家具设计(戴念慈主持项目);苏州吴作人纪念馆室内装修设计(戴念慈主持项目)。

主持室内工程设计主要项目有:北京图书馆室内装修工程负责人(后期刘淀淀),(该项目1998年获国家设计金奖,1998年被评为八十年代北京十大建筑第一名,1989年获国家级质量银奖,中国八十年代建筑艺术优秀作品奖,1989年获建设部优秀设计奖一等奖,1994年获北京"我喜爱的民族风格新建筑"奖)。北京国际饭店室内设计负责人,(该项目1988被评为八十年代北京十大建筑第五名,1989获国家级银奖,1989建设部优秀设计

奖一等奖,1993年获北京市建筑装饰工程奖)。北京友谊宾馆主楼改造工程设计负责人。国务院二招改装工程设计负责人。深圳发展中心大厦公共部分室内设计负责人。深圳电子大厦公共部分室内设计负责人。深圳市人大会堂扩建工程设计负责人。深圳市龙岗区人大会堂室内设计负责人。深圳东华大厦(公共部分)室内方案设计负责人。深圳经协大厦(联合广场)公共部分室内设计负责人。海南岛宝华大厦室内设计负责人。天津中国银行河东支行室内设计负责人。天津滨海开发区外商服务楼室内设计负责人(2001年获鲁班奖装饰奖)。

饶良修设计作品　　　　　　饶良修设计作品　　　　　饶良修设计作品　　　　　　饶良修设计作品

ZHANG WENZHONG

张文忠

张文忠，资深高级室内建筑师，国家一级注册建筑师，出生于1927年。1953年毕业于清华大学建筑学系。1954年曾担任天津大学建筑学院建筑系的建筑设计教学和指导研究生工作，并多次出席建筑学术国际会议及海峡两岸学术交流会。

中国银行天津分行营业前厅

1982年至1983年美国明尼苏达大学建筑系访问学者，在留美期间举办了个人建筑绘画展和中国园林建筑的讲学，并荣获明尼苏达大学的"荣誉中国学者"称号。

1995年至2005年中国建筑学会室内设计分会、国际室内建筑师／设计师联盟中国地区委员会副会长兼第一专业委员会主任。2004年荣获"全国有成就资深高级室内建筑师"称号。2005年被聘为室内设计分会专家委员会副主任。曾任天津大学建筑设计研究院总建筑师，现任天津大学建筑学院教授。

张文忠多年来从事建筑理论研究和建筑与室内设计创作实践，主要研究课题有："建筑空间环境与意境"、"建筑创作问题"、"当代建筑分析"、"室内环境设计"等。主要论著有中国建筑工业出版社出版的《铁路旅客站建筑设计》、《公共建筑设计原理》、《室内设计实录2》、《美国建筑师罗夫·雷普森 (Ralph Rapson)》、《Questions on the Artistic Treatment of Public Architecture》(访美论著)、《笔锋下的瞬间——张文忠建筑画选》；天津科技出版

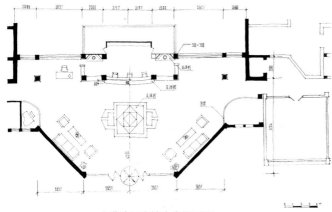

大港油田宾馆大堂平面图

社出版的《现代建筑画选——张文忠建筑画》；天津大学出版社《电脑绘画艺术》等。此外在主要建筑杂志上曾多次发表论文，如：《关于公共建筑创作的一些问题》、《简论建筑思潮与创作》、《谈建筑教育革新》以及《论析我国现代室内设计中的问题》等近三十余篇。他在进行建筑理论研究的同时，也注重建筑创作实践。建筑设计得奖代表作品有：天津塘沽火车站、天津大学科学图书馆（逸夫楼）、小树林中学等；室内设计方面的代表作有：天津开发区金帆大厦、泰达国际会馆、天津市中国银行、利顺德饭店、中保人寿保险公司、大港油田宾馆及私人公寓设计等。

大港油田宾馆大厅上空景观

大港油田宾馆大厅灯照明光景观

ZHANG WENCONG

张 文 聪

张文聪，出生于1938年，教授级高级建筑师，国家一级注册建筑师，资深室内设计师，享受国务院颁发政府特殊津贴。1961年毕业于重庆建筑工程学院（现以并入重庆大学）建筑系建筑学专业，毕业后在四川省建筑设计院从事建筑设计三十多年，曾任四川省建筑设计院主任建筑师、国家一级建筑师、高级建筑师、教授级高级建筑师、室内设计所所长总建筑师等职。现任中国建筑学会室内设计分会第四届理事、成都市中国建筑学会室内设计分会第四专业委员会副主任、成都市建筑装饰协会顾问、成都市公共环境艺术协会理事、四川省土木建筑学会古建园林专业委员会委员等职。

李白纪念馆·太白堂内景

　　张文聪在设计院工作中，先后主持和参加工程设计七十多项，其技术专长为古建筑、园林建筑和纪念性建筑。主要作品有：四川省江油市"李白纪念馆"规划、建筑及室内设计（1982），获1986年度省优秀设计一等奖及省科技进步三等奖；四川省仪陇县"朱德同志故居陈列馆"规划、建筑及室内设计（1984）获1986年度省优秀设计二等奖；四川省乐至县"陈毅同志故居陈列馆"规划、建筑及室内设计（1985）；四川省内江县"张大千纪念馆"规划、建筑及室内设计（1987）；四川省中江县"黄继光纪念馆"建筑及室内设计（1985）获1991年度省优秀设计三等奖；成都市青白江区"怡湖公园"规划及建筑设计（1989）获1991年度省优秀设计一等奖；成都市"浣花山庄宾馆"建筑及室内设计（1996）获1998年度省优秀设计二等奖；成都市青白江区"怡湖宾馆"建筑及室内设计；四川省江油市"江油剧场"建筑及室内设计（1983）；成都市"皇城清真寺"建筑及室内设计（1999）获2000年度省优秀设计二等奖。主要论文《追忆太白风，再现故园情》一文曾在《建筑师》杂志发表；《朱德同志故居陈列馆设计》一文曾在《建筑学报》杂志发表；《纪念性建筑的创作研究》一文曾入编《中国建设科技文库》一书。主编《地方传统建筑配件图集》通用图。

陈毅同志故居陈列馆内

李白纪念馆·青莲池

朱德同志故居陈列馆内展厅

浣花山庄庭院景观

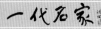

LAO ZHIQUAN

劳 智 权

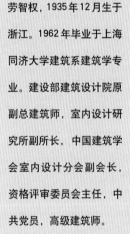

劳智权，1935年12月生于浙江。1962年毕业于上海同济大学建筑系建筑学专业。建设部建筑设计院原副总建筑师，室内设计研究所副所长，中国建筑学会室内设计分会副会长，资格评审委员会主任，中共党员，高级建筑师。

劳智权1962年至1970年在建工部北京工业建筑设计院从事建筑设计工作。1969年至1970年参加湖北十堰第二汽车制造厂建厂设计。1971年至1972年在长沙湖南省建筑设计院从事建筑设计。1972年至1978年在北京市木材工业研究所从事家具研究工作。1979年国家建委建筑科学研究院建筑设计所从事室内设计工作。1980年在香港、新加坡为某饭店进行考察及方案、技术设计。

1981年至1983年在塞拉里昂担任援外项目，塞政府办公楼、国家警察总局总部工程驻现场设计代表，并负责项目的室内设计及建筑施工的配合工作。1984年至1985年由建筑部设计院派遣与深圳中建海外装饰公司合作设计，任设计部主任。1985年在伊拉克与中建公司合作，为巴格达巴比伦饭店中餐厅进行方案设计。1986年至1989年在阿拉伯也门共和国首都萨那也中公司从事建筑设计，室内设计兼任经营部经理等工作。在这期间多次去吉布提共和国为中建公司海外部负责该国项目的建筑设计，我国驻吉布提使馆经参处建筑及室内设计。塞舌尔共和国中餐馆设计。1990年回国在建筑部设计院室内设计研究所，从事室内设计及管理工作。1992年至1996年中国建筑学会室内建筑师学会任副会长兼秘书长工作。现任学会副会长，资格评审委员会主任，北京市建筑工程评标专家组成员。

劳智权1959年参与上海江南造船厂为苏联大型豪华游轮伊里奇号重新装修设计。1960年参与我国第一艘客轮上海船厂民主18号室内设计。1962年至1968年为我国援外项目室内配套设施（家具、灯具、卫生洁具、建筑五金）设计研究。1963年参与编写《建筑设计资料集》。1964年至1966年参与斯里兰卡大会堂、几内亚大会堂家具设计研究。1969年至1970年负责第二汽车制造厂铸造厂机修车间设计。1971年任湖南长沙电信大楼工程设计总负责。1973年至1974年参与新北京饭店家具设计。1980年负责北京太阳宫饭店室内方案设计。1982年参与塞拉里昂政府办公楼室内设计。1985年至1986年参与北京国际饭店家具设计。1985年负责巴格达巴比伦饭店中餐厅室内设计。1988年负责驻北也门使馆宴会厅室内设计。1986年负责杭州西湖国宾馆家具设计、北京森隆饭庄改建工程建筑设计、山东曲阜阙里宾舍家具设计。1987年负责北也门驻吉布提使馆方案设计、吉布提亚新住宅设计、中国驻吉布提经参处工程设计。1988年负责塞舌尔共和国中餐厅设计。1990年至1991年任总面积为1.8万平方米的郑州亚细亚大酒店室内设计／设总。1991年任台北中正机场装修施工图绘制负责人。1991年至1992年任石家庄汇源大酒店室内设计的设总；深圳金碧苑别墅群室内设计的设总；深圳发展银行写字楼入口大堂设计。1992年任1.2万平方米的唐山百货大楼超市室内设计的设总。1993年任8000平方米的河北藁城宾馆室内设计的设总、海南三亚创亚大厦室内设计2.8万 m^2 设总、三亚东方夏威夷酒店室内设计7800M^2 设总。1994年三亚南方大酒店室内设计四星级2万 m^2 设总。1996年任三亚金陵度假村大堂改造方案设计设总；山东泰安、泰山管委会宾馆中餐厅，西餐厅任设总。1994年任河南安阳新大地宾馆2号楼室内设计设总、河南安阳工商银行东站支行营业大厅室内设计设总。

劳智权出版的著作有《家具设计图集》（建工出版社，1973年，主编）、《常用家具图集》（农业出版社，1975年，参与）、《组合多用家具》（轻工出版社，1980年，主编）、《国外现代家具》（建工出版社，1981年，参与）20世纪80年代发表的论文的有《组合家具研究》、《板式家具的系列化》、《刨花板家具》、《论"家具模数"》等十余篇。他的得奖项目有"北京国际饭店工程"（建设部部级奖，参与室内设计）；"山东曲阜阙里宾舍"（建设部部级奖，参与室内设计）；"塞拉里昂政府办公楼"（建设部部级奖，设计代表、室内设计）、参与轻工部组织编写的《全国家具设计标准》的起草工作。

史 庆 堂

史庆堂设计作品有：广州红棉大酒店建筑设计，广州出口商品交易会室内设计，潮州金曼大酒店室内设计等。出版书籍有《香港现代室内设计》、《香港环境艺术》、《香港住宅设计与装饰》、《史庆堂建筑画与技法》。发表论文有《室内设计发展趋向》、《美国公共环境景观》、《风景水彩画技法》、《家饰与家具设计以人为本》、《住宅建筑与装饰以人为本》、《适用的设计更美观、美观的设计更适用》、《老教授的新话题》、《岭南室内设计发展趋向》等一百九十余篇。

史庆堂，72岁，研究生导师，浙江宁波人。1953年考入同济大学建筑系，1955年参加上海中苏友好大展装饰设计工作，1957年毕业于同济大学，1958年分配到华南理工大学任教，1994年退休。2000年底赴美考察城市环境景观艺术，现为英国注册建筑师。

李 书 才

李书才曾参加了北京人民大会堂河北厅、中国剧院、金融街投资广场、香山饭店、北京前门饭店、北京华都饭店、海口空中花园别墅、天津开发区滨海大厦等工程的室内设计与家具设计工作。并对"硬质聚氨酯发泡成型家具"及"多层胶合弯曲木家具"等进行过开发性的研究及设计工作，获两项国家专利。

他参与编写了《组合多用家具》、《新型家具》、《居室装修》、《建筑装饰设计概念》等书籍。并在有关报刊发表多篇文章。1981年作为专家参加了联合国工业发展组织在北京召开的"人造板家具工业讨论会"，并作题为《人造板的发展促进家具结构的变化》的专题报告。

李书才，高级工程师、教授、资深高级室内建筑师。1940年生，1965年毕业于原中央工艺美术学院（现清华大学美术学院）建筑装饰美术系。先后在河南省建筑设计院，原北京市北郊木材厂（现北京市天坛家具公司），北京市木材工业研究所，北京建筑工程学院建筑系从事家具设计与研究、室内设计与教学工作。现任北京市建社委员会及北京市政府采购办的评标专家。

ZHENG SHUYANG

郑曙旸

郑曙旸，1953年2月3日生于甘肃省兰州市，祖籍江苏省常熟市。现任清华大学美术学院教授、博士生导师、副院长、艺术设计分部主任，中国建筑装饰协会资深室内建筑师、设计委员会主任，中国建筑学会室内设计分会资深高级室内建筑师、副理事长、常务理事、教育委员会主任，中国室内装饰协会资深室内设计师、常务理事、设计委员会副主任，中国美术家协会环境艺术设计专业委员会副主任。从事环境艺术设计专业的教学。主讲大学本科"专业表现技法"、"室内设计"、"景观设计"课程，环境艺术设计专业硕士研究生课程。

石家庄第一工人文化宫剧场

　　主要设计项目有驻德国大使馆室内设计、中南海紫光阁国务院接见厅室内设计、中国丝绸进出口总公司办公楼室内设计、中国远洋运输总公司办公楼室内设计、敦煌宾馆贵宾楼室内设计、北京人定湖环境设计、新加坡中国银行大厦室内设计、国务院接待楼室内设计、华北电力调度指挥中心室内设计、山东银工大厦室内设计、首都国际机场航站楼室内设计、北京八一大楼室内设计、北京会议中心室内设计、哈尔滨省委广场景观设计、哈尔滨果戈里大街环境景观设计等。

　　主要著作有《家用室内设计大全》、《室内表现图实用技法》、《室内设计资料集》、《室内设计经典集》、《室内设计》、《室内设计程序》、《景观设计》、《室内设计·思维与方法》等。

　　主要论文有《中国室内设计思辨》、《在传统与现代之间》、《环境艺术设计辩义》、《走向四维空间》、《设计之道》、《当代中国的室内设计》、《空间与装饰的理念》、《室内环境与绿色设计》、《地域文化与室内空间艺术》等。

中国远洋运输总公司办公大楼多功能厅·1992

荷清苑104201住宅室内设计·2002

哈尔滨果戈里大街河园景观设计·2003

哈尔滨省委广场环境景观设计方案·2002

山东曲阜礼宾舍

何镇强

何镇强，1957年入中央艺术美术学院室内装饰系，1962年留校历任助教、讲师、副教授、教授、环境艺术研究设计所总设计师。曾任清华大学建筑系兼职教授、北京市人民政府专家顾问团顾问、中国建筑装饰协会常务理事、北京工艺美术学会副会长、中国室内建筑师学会资深会员。

何镇强教授参加以人民大会堂、民族文化宫、中国美术馆建筑装饰部分设计；中南海、泉山等室内与艺术市场、毛主席纪念堂部分室内设计、长城饭店、昆仑饭店、建国饭店、赛特饭店、新万寿宾馆、王府井大饭店、国贸中国大饭店等部分室内设计与陈设艺术设计。他设计、监制、布展法国巴黎蓬皮杜文化艺术中心中国第一个参展的"中国环境、建筑、生活展"。园林艺术制图及风景绘画举办了8次展出。著有《室内设计》、《室内设计启示集》（一、二、三集）、《室内设计表现图技法》、《室内设计效果图技法》、《何镇强建筑画法》、《何镇强建筑速写技法》、《何镇强室内设计表现技法》、《室内设计手绘表现》及画集手册。

黄德龄

黄德龄，1957年入中央工艺美术学院室内装饰系，1962年毕业就职于建工部工业建筑设计院室内组，先后任技术员、建筑师、教授级高级建筑师，曾任室内设计研究所副所长、中国建筑设计研究院副总建筑师。

新万寿宾馆漆饰

北京建国饭店中餐厅

黄德龄从事建筑室内及相关产品设计四十余年。认为设计要不重复自己，不复制他人，汲取传统与地域文化的养分，把握好时代脉搏。具有代表性的室内设计有：山东曲阜阙里宾馆、北京国际饭店（合作）、全国政协办公楼、外交部大楼（均获国际优秀设计奖）。

全国政协办公楼

SHEN LIDONG

沈 立 东

沈立东，高级工程师、国家一级注册建筑师。1990年毕业于上海同济大学建筑学专业；先后获加拿大皇家大学（ROYAL ROADS UNIVERSITY）工商管理硕士、菲律宾比立勤国立大学（BULACAN STATE UNIVERSITY）工商管理博士。1990年7月至1997年7月，就职于华东建筑设计研究院。1997年7月至1999年7月，就职于华东建筑设计研究院浦东分院，从事建筑设计与管理工作。1999年7月至2003年8月，就职于上海现代建筑设计（集团）有限公司环境与建筑装饰设计研究院。2003年8月至今，就职于上海现代建筑装饰环境设计研究院有限公司任董事长、党支部书记。

沈立东获IFI会员（国际室内建筑师联盟），获"全国百名优秀室内建筑师"荣誉称号，获"全国杰出中青年室内建筑师"荣誉称号，获"IAID最具影响力的中青年建筑师"荣誉称号，获上海市第一届"十大优秀青年室内建筑师"荣誉称号。负责主持设计的主要工程有：无锡马山灵山大佛工程（88米高）。南新雅大酒店工程，总建筑面积41777平方米，建筑高度99.6米，该工程荣获上海市优秀设计三等奖。新客站中块——新亚广场大酒店，总建筑面积85133平方米，该工程荣获上海市优秀设计二等奖。浦东红塔大酒店（五星级酒店），总建筑面积55000平方米。赞比亚党务大楼室内设计，总建筑面积17000平方米，该工程荣获2004年上海市第三届室内设计大赛暨首届"红星美凯龙杯"优秀奖。上海展

沈立东设计作品 上海展览中心

览中心改建工程，总建筑面积50000平方米，该工程荣获中国建筑学会室内设计分会2002年度佳作奖、上海市2002年公共建筑装饰工程设计作品二等奖。宁波栎社机场新航站楼室内设计，总建筑面积43500平方米，该工程获2004年上海市第三届室内设计大赛暨首届"红星美凯龙杯"金奖。黄浦区区政府大楼室内设计，总建筑面积47000平方米。云南玉溪市旧城改造工程，占地面积500000平方米。郑州西北环道路景观设计，绿化面积351.14公顷。北京京西宾馆改建工程，总建筑面积35000平方米，该工程荣获上海市2002年公共建筑装饰工程设计作品一等奖。江苏南京电信大厦室内设计，总建筑面积58000平方米。上海海鸥饭店室内设计，总建筑面积16047平方米。

沈立东现任上海现代建筑装饰环境设计研究院有限公司董事长，中国建筑学会室内设计分会副理事长，中国装饰装修行业协会理事，上海市建筑学会常务理事，上海市装饰装修行业协会副会长，上海市室内装饰行业协会副会长，上海市青年联合会第九届委员会委员，上海室内外环境专业委员会主任。

沈立东设计作品
上海海鸥饭店

ZHU RENPU

朱 仁 普

朱仁普，68岁，山东蓬莱人。1964年毕业于中央工艺美术学院建筑装饰系，1980年毕业于中央工艺美术学院室内设计研究生班。曾任铁路车辆设计工程师，美术系主任等职。北京建筑工程学院建筑系教授。

　　1964年至1976年朱仁普从事我国铁路车辆设计工作，参与完成我国首列自行设计生产的国际列车；规划设计中国援建坦一赞铁路系列车辆，共计6个品种。1976年至1978年参与完成青岛汇泉宾馆建筑设计并主持完成室内设计。1979年至1990年主持山东商业厅大餐厅改造工程，主持完成山东威海纺织部疗养院室内设计工程，主持中国驻斯里兰卡大使馆部分室内设计工程，参与完成北京密云国际游乐场总体规划工程，参与人民大会堂河北厅改造工程，参与完成北京中国剧院室内设计工程。1991年至1994年参与日本奈良"中国文化村"规划设计工程，被日方聘为中国文化村孙悟空游乐园设计组组长。2002年完成我国水上长城游览区的规划设计。2003年主持完成烟台福山区福三角区域环境规划设计工作。1995年至2004年完成大型手绘效果图《八达岭长城游览区规划设计》、《长江三峡石宝寨》、《柬埔寨吴哥窟部分修复鸟瞰图》在《中国建筑画》刊载。

　　朱仁普的主要著作有《朱仁普建筑室内设计效果图精选》、《中国建筑画——北京建筑工程学院专辑》、《居室装修》1998年山西科技出版社、《建筑装饰设计概论》1999年北京工业大学出版社、《百姓家庭装饰装修图说》2001年中国建筑工业出版社。在我国主要专业刊物上共发表学术论文三十余篇。其代表作有《建筑与时代》、《现代设计遐想》、《只有尊重自己、才能超越别人》、《分解写生与符号图案》、《一张飘落的纸片》、《闭眼与睁眼》、《设计师的良心》、《五条腿的鸡与千手观音》、《未来城市交通之猜想》。

GAO CHENGZHI

高 成 志

1963年毕业于清华大学建筑系建筑学专业。教授高级建筑师；国家一级注册建筑师；国家注册规划师；全国有成就资深室内建筑师。现任安徽东升建筑设计院总建筑师；高成志建筑环境艺术工作室主任。从事建筑设计、景观设计、室内设计和教学工作四十余年，主持和设计工程三百余项，多次获得省及全国设计竞赛奖，发表学术论文十余篇，主持编写的全国工艺美术类中等专业学校《室内设计专业教学计划》和《室内设计专业教学大纲》经轻工业部批准，于1993年颁发在全国执行。长期以来，悉心钻研建筑设计及室内设计理论，广泛涉猎其他相关学科知识，对美学、视觉心理学、生理学、环境科学、人体工学、行为科学、民俗学、风水学等自然科学和人文科学有较深修养。并以前瞻的姿态不断汲取现代科学技术的滋养，完善、更新知识结构。积极参加各项学术活动，了解专业学术动态和设计理论的发展趋势。在长期的设计和教学实践中，逐渐形成整体的设计理念：

1.法"自然"　世界万物及人类皆是自然的有机组成部分，按照自然的统一法则生息。工业社会极大地激发了社会生产力的发展，同时对人类赖以生存的环境带来极大的破坏。建筑——建筑师设计的人造物，在给人们提供庇护的同时，也使城市成为"钢筋混凝土的森林"，使人们的生活背离自然，步入歧端。建筑师和室内设计师如何遵循自然法则，用设计产品为人们营造回归自然的生活秩序和生活方式，是一种觉悟也是天职。我们的每一项设计都应尊重自然、尊重环境，追求与自然的和谐，有机的融入自然环境，为人们创造健康、符合自然规律的生活，达到"天人合一"的境界。

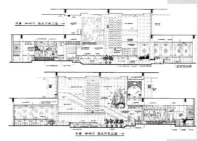

滁州国际大酒店中庭剖面图

2.倡"人性"　设计的成果体现为"物"的形式，但其实质是"人性"的"物化"。建筑师和室内设计师要深入研究人与自然、人与人、人与社会、人与物的关系及人的个性，把与"人性"相关的属性作为变量，渗入设计作品，认真探讨不同人群在不同环境中的行为模式，满足人们对室内环境的物质、生理、心理、精神和审美等诸多方面不同层次的需求。在创意整体设计中注重个性化的细节处理，真诚而最大化地给予人们以"人性化"的关怀。

滁州国际大酒店中餐厅

3.崇"文化"　建筑不仅是我们生存的物质场所且是具有丰富文化内涵的非物质环境。人类历史积淀着深厚的多元的人类文化，并向着更高的文明发展。各时代、各民族、各地域的建筑忠实地记载和体现了各自的社会、经济、政治、科技和文化的发展过程。在世界一体化、文化趋同的浪潮席卷全球的信息化时代，建筑师、室内设计师肩负着维系人类文明多元的责任。了解历史文化发展的脉络，宏扬民族、地域文化的精髓，以其丰厚的文化底蕴，为人们创造新时代的具有文化内涵的作品。

蚌埠锦江大酒店3#楼接待厅

4.重"系统"　人类需求的多样性和复杂性，决定了建筑和室内设计需要解决问题的系统性。它涉及社会、政治、经济、环境、文化、艺术等人类生活各层面的需求，是一项十分繁杂综合的系统工程。没有广博的知识和技能，没有综合、辨证的思维能力，难以驾驭整个系统的协调，合理地解决设计盘根错节的矛盾。建筑师和室内设计师要善于学习、思考、创新，不断更新知识和智能结构，增强系统地解决设计中面临复杂问题的能力，适应我们肩负的使命。

5.拓"发展"　时代的局限对每个建筑师、室内设计师概莫能免。今天的设计难以适应未来的需求。具有前瞻的眼光是建筑师和室内设计师应有的素质，所谓"潜伏设计"、"动态设计"、"弹性设计"、"可持续发展观"给明天留下充分的余地。这就需要建筑师们具有辨证发展的思维能力，用知识和智慧，洞察变易，预测趋势。

清大德人生物科技研发中心德人大厦

6.尚"简约"　强调功能关系的有机，流程的顺畅、便捷，动静分区明确和富有韵律而自然有序的空间序列组织。主张以形体、空间及环境的整体构成，通过体量、色彩、光影、机理与质感、界面处理底图关系、意境创造，按照形式美的法则，运用简约的语义诠释建筑、室内和环境的内涵。

LIU YOUDA

刘 有 达

刘有达，高级建筑师、资深室内建筑师。1969年毕业于重庆建筑工程学院建筑系建筑学专业。现任中国建筑学会室内设计分会副会长、第四专委会主任，中国建筑装饰协会专家委员会委员，四川省成都市建筑装饰协会设计分会理事长，四川音乐学院美术学院教授，四川省成都市西部工商企业发展研究会副主任，四川省成都市建工集团装饰设计公司设计总监。曾任中国建筑西南设计研究院室内研究室主任，中国西南装饰协会常务理事，《室内设计》杂志副社长，四川美的装饰公司总经理，重庆晶龙装饰行总经理，成都市金天马装饰有限公司董事长、总经理。

成都市房屋销售中心

　　刘有达自20世纪70年代中至今一直从事室内装饰行业工作，其设计擅长将地域、民族文化与现代文脉相结合，强调建筑、室内与环境（景观园林）的整体性。近三十年的装饰生涯中，实践了数百个工程，工程项目不仅遍及国内的深圳、广州、珠海、海口、北京、天津、大连、沈阳、西安、银川、成都、重庆等地，还在80年代末到本世纪初，受国家外经贸部、商业部、四川省国际公司、四川省饮食服务公司、重庆外贸进出口公司等单位邀请，为古巴、奥地利、美国、俄罗斯、哥伦比亚、日本、阿尔巴尼亚、加蓬共和国等国家的相关项目作设计（有的还组织施工）。

　　1996年由四川科技出版社出版了刘有达的个人大型精装设计作品图册——《路》；1999年在四川省美术展览馆举办了个人设计作品展。设计作品"成都蜀苑酒楼"1988年获中国建筑西南设计院优秀设计奖并获1989年中国工业设计学会重庆市分会工业设计一等奖；"海口格林梦大酒店"1994年获四川省成都市装饰

重庆三峡博物馆佛文化

重庆三峡博物馆壮丽三峡序厅

协会室内设计展评会设计优秀奖；"三室二厅外贸职工宿舍"获1995年四川省成都市装饰协会居室设计展评会一等奖；"重庆三峡博物馆"获2004年四川省成都市装饰协会设计大赛公装一等奖，并获中国建筑装饰协会"缔造灵性空间"首届"东鹏杯"全国室内设计大赛公装一等奖。2004年9月，获中国建筑装饰协会"全国有成就资深室内建筑师"称号。2004年12月，获中国建筑学会室内设计分会"全国有成就资深室内建筑师"称号。

重庆三峡博物馆峡江诗碑文化

重庆三峡博物馆船及纤夫山墙

AN ZHIFENG

安志峰

安志峰，出生于1936年，哈尔滨人。教授级高级室内建筑师，国家一级注册建筑师，特许资深高级室内建筑师。CIID中国建筑学会室内设计分会副会长，IFI国际室内建筑师／设计师联盟中国地区委员会副会长，陕西省土木建筑学会理事，建筑装饰专业委员会主任。

福建市南安体育馆

安志峰1961年毕业于西安建筑科技大学建筑学院（原冶金学院），同年参加工作，任中国建筑西北设计研究院副总建筑师，1997年退休，现回聘，任顾问总建筑师。在院期间自1973年起派赴尼泊尔、伊拉克、也门、阿联酋等国短期工作，完成尼泊尔首都"加德满都至巴格达普尔"无轨电车项目的设计施工，伊拉克首都"巴格达体育馆"设计，阿联酋首都阿布扎比"中国城"方案设计等项目。1980—1996年期间共有7个项目获"中建建设部级国家级优秀设计奖"，发表学术论文5篇。

历 史 博 物 馆

LI NING

李 宁

李宁设计作品

李宁设计作品

李宁设计作品　　　　　　　　　　　　　　　　李宁设计作品

李宁现任职务: 江苏省建筑装饰设计研究院有限公司董事长、院长。职称: 教授级高级建筑师、国家首批一级注册建筑师,享受国务院政府特殊津贴专家,江苏省有突出贡献中青年专家。

技术简历: 李宁教授长期在省建筑设计科研机构从事建筑设计和科研工作,多次获省、部级有关奖励。自八十年代初从事室内设计工作,是我国最早结合建筑学专业从事室内设计的高级专家之一。1984年起率先组建了我国最早的省级室内设计专业设计研究机构,创办并领导了全国首家省级专业设计研究院。从事室内设计工作至今。

李宁教授长期坚持工程实践,先后主持完成了国内外大批有影响的工程项目;工程中始终坚持建筑设计和室内设计融会贯通的设计方法,并不断地结合工程实践,总结结合国情的室内设计相关理论,在全国建筑界、装饰界有较高的声望和影响。2004年先后被中国建筑装饰协会和中国室内设计学会授予首批"全国有成就资深室内建筑师"。

社会兼职:东南大学(室内设计、环境艺术设计)兼职教授、南京林业大学(室内设计)兼职教授、中国室内设计学会副理事长、中国美协环艺设计委员会副主任、中国建筑装饰协会常务理事、中国建筑装饰协会设计专业委员会副主任。

设计理念:一、建筑空间环境的再创造的设计理念:

面对20世纪80年代初国内初起的装饰业热衷于六个面的涂饰和高档材料的堆砌,李宁教授结合工程实例,在《建筑学报》上发表学术论文,率先提出"室内设计是建筑空间环境的再创造"的相关理论,并长期结合工程,特别是改造工程进行了大量的设计实践。

二、"整体环境链"的设计理念:

立足于整体环境意识和综合性学科研究,李宁教授提出"整体环境链"的设计理念,即"室内环境—建筑环境—建筑组团环境—城市环境"链接式的设计思路,研究室内设计与城市环境的"衔街点"(各种功能动线的出入口)和与城市环境的"绵延带"(视觉上,心理上与城市空间的交流面)。

李宁设计作品

SHENG YANGYUAN

盛 养 源

盛养源，郑州大学工学院教授、国家一级注册建筑师、中国建筑学会室内设计分会第十五专业委员会名誉主任。盛养源与曹瑞林2005年8月设计了"逸园酒楼咖啡西餐厅"。

门厅立面展开图(1)

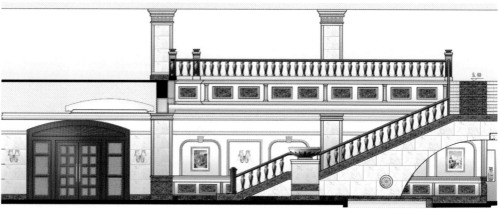

门厅立面展开图(2)

咖啡厅

LAI ZENGXIANG

来 增 祥

上海浦东国际机场

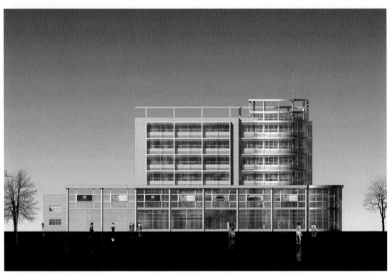

浙江德清电力公司

来增祥，1953年清华大学建筑学专业毕业。1960年毕业于原苏联列宁格勒建筑工程学院建筑学专业，获俄罗斯国家建筑师资质，并取得俄罗斯工程硕士证书。1960年至今于同济大学建筑系先后任助教、讲师、副教授、教授、博士生导师。曾任同济室内设计教研室主任兼任同济室内设计公司经理。现任同济联合公司室内设计研究所所长。现兼任中国建筑学会室内设计分会副会长，上海市建筑装饰协会名誉会长，中国建筑装饰协会专家委员会成员，复旦大学视觉艺术学院客座教授，深圳大学客座教授，上海市人民政府建设中心专家组组长，中国人民解放军装饰协会高级顾问，苏州工业园区行政中心专家顾问，欧美同学会留苏分会副会长。

来增祥长期从事建筑设计、室内设计的教学、科研及设计实践工作。曾先后赴俄罗斯圣彼得堡、乌克兰基辅大学、日本京都府立大学、韩国汉城景园大学讲学。并在国内清华大学、交通大学、复旦大学做专业讲座。2001年起先后参加世界室内建筑师联盟（IFI）汉城、孟买、东京等处的IFI年会，并作学术交流。获国务院政府特殊津贴，北京人民大会堂国宴厅、上海厅室内改造工程荣誉证书，上海市重点工程立功奖章，上海市优秀建筑装饰设计一等奖，上海市优秀建筑设计三等奖，韩国龙土木建筑奖教金一等奖，上海市第三届室内设计大奖赛特别杰出奖等。

ZHANG YOUXIN

章 又 新

章又新，1932年出生于浙江省海宁市。1953年毕业于清华大学建筑系建筑学专业，并留校攻读研究生，1956年毕业后，分配至天津大学建筑系任教。现为天津大学建筑学院教授，广东省建筑装饰工程有限公司天津分公司设计总顾问、中国建筑学会室内设计分会资深会员，资深高级室内建筑师，专家委员会委员。历届全国建筑画展评委。先后主持建筑技术、建筑设计以及建筑美术等多种学科的讲授。1983年被评为天津市市级先进教师，1992年享受国务院政府特殊津贴，2004年荣获中国装饰协会"全国有成就资深室内建筑师"称号。

　　章又新1976年应邀参加毛主席纪念堂设计，其设计方案被列为基础方案，并发展成现实施工方案。1985年应邀参加全国人大常委会办公大厦——人民大厦的设计，与胡德君教授合作。其方案经中央审定为中选方案（因故缓建）。1986年应邀参加中央军委大厦设计，与胡德君教授合作，获得奖方案（因故缓建）。1987年主持无锡商业大厦室内设计。1989年主持招商大厦的室内设计。1994年主持华能集团上安电厂行政楼的室内设计。1997年主持华能集团东港宾馆的室内设计。1998年参与天津开发区滨海大厦（天津开发区外商投资服务中心）部分室内设计，获国家鲁班奖。1999年主持天津开发区海关大厦（天津海关综合设施工程）室内设计，获国家鲁班奖。

　　其作发表有：1982年，学术著作《承德古建筑》分别在中国和日本同时出版，获得1983年全国优秀科技图书一等奖。1992年，专著《章又新建筑画与技法》由黑龙江科技出版社出版。1992年，会同清华大学等13所院校知名教授，编著了《全国高等学校建筑美术教学系列用书》，获建设部优秀教材二等奖。1996年，编著《中国建筑画——天津大学专辑》，由中国建筑工业出版社出版。1997年，主审《建筑画常见病例分析与修正》，由黑龙江科技出版社出版。其建筑画作品多次入选全国建筑画展，并分别刊登于书刊。

LUO GUOZHI

罗果志

罗果志，1960年毕业于北京航空航天大学。教授级高级工程师，部级技术专家，全国首批资深高级室内设计师，全国有成就的资深室内建筑师；中国建筑学会室内设计分会理事，专家委员会委员；中国建筑装饰协会第三、四届理事，信息咨询委员会专家；中国室内装饰协会常务理事，设计委员会委员；湖北省室内装饰协会副理事长，专家组成员；解放军建筑装饰协会常务副理事长，专家组成员；湖北省国家职业资格艺术设计专家委员会室内设计专业委员；武汉铝业行业协会专家委员会主任；武汉美术家协会会员；武汉书法家协会会员。

天津电视塔

　　罗果志1960年至1981年从事飞机大修、艺术设计、美术创作；1981年至1985年承担中央首长专机及旅客机室内装饰设计；1981年至2005年先后任空军十八厂总工程师、总质量师，武汉凌云建筑装饰工程总公司（在20世纪90年代，曾是全国最大的装饰公司）总工程师、设计事务所所长、内装公司总工程师、总设计师。

　　罗果志擅长于宾馆、饭店、办公楼、商场、旅游船、飞机室内设计，家具设计，建筑幕墙设计，可亲自完成室内陈设中的绘画和书法作品。从事建筑室内外装饰、装修设计25年，主持和参与的项目近百项。其中专机室内设计（飞机）、仙桃商城大厦获全国室内设计大展银奖；中央军委八一大楼（办公区域）获全国室内设计大展铜奖、湖北省室内设计大展金奖、全国室内装饰优良工程奖；湖北天诚国际大酒店（五星级）、凌云电子大厦获全国室内设计大展铜奖、全军室内设计大展金奖；"长江公主号"四星级旅游船获全国室内设计大展优秀奖、武汉市优工程；天津电视塔室内设计，天津市政府记大功、鲁班奖工程；武钢宾馆装修改造设计，武汉市优工程；2002年个人荣获"全国室内装饰行业突出贡献奖"、"全国室内装饰行业功勋奖"；2004年个人荣获湖北省室内装饰行业专家突出贡献奖。

　　室内设计作品刊入《中国建筑装饰装修》（2005.6）、《全国有成就的资深室内建筑师评选作品》专辑。撰写的专业论文和主编的标准教材有：《从航空工程到建筑装饰工程》在空军《航空维修》杂志1988年第7期发表；《将航空技术用于建筑装饰工程》在中国建筑装饰工程协会年会上发表并刊载于

凌云电子大厦

武钢宾馆

该会会讯（1990年3月）；《扬长避短、开发建筑装饰工程》载于空军航空工厂战略开发论文集；《浅析长江旅游船装饰》刊载于《装饰装修天地》1997年第6期；《凌云装饰的技术创新特色》于1997年9月在全军建筑装饰协会年会上交流，2000年第10期《中国建筑装饰》刊载；《长江旅游船的装饰特色》入选中国建筑学会室内设计分会《2000年佛山年会暨国际学术交流论文集》；《长江流动国宾馆的装饰》入选中国建筑装饰协会《星级宾馆装饰设计施工论文集》；《装饰金属工》国家职业标准，由劳动和社会保障部发布（主编之一）；《装饰打胶工》国家职业标准，由劳动和社会保障部发布（主编之一）；《室内装饰设计员》国家职业标准（含设计员、设计师、高级设计师），由劳动和社会保障部发布（主编之一）；《装饰金属工国家职业资格培训教程》由劳动和社会保障部组织编写，2002年12月蓝天出版社出版（主编之一）；《浅谈飞机、车、船、航天器的室内设计》入选中国建筑学会室内设计分会2005年会暨国际学术交流会论文集。

武钢宾馆

武钢宾馆

ZOUHUYING
邹瑚莹

邹瑚莹，1965 年毕业于
清华大学建筑系，清华
大学建筑学院教授，国
家一级注册建筑师，资
深高级室内建筑师，中
国建筑学会室内设计分
会常务理事。

山东交通学院图书馆电子检索大厅

邹瑚莹多年从事建筑设计及室内设计的教学及设计工作，并研究博物馆的建筑设计。著有《博物馆建筑设计》一书，获清华大学优秀教材二等奖。她主持的"山东交通学院图书馆室内设计"获教育部优秀建筑设计一等奖；"东北大学汉卿会堂建筑设计及室内设计"获教育部优秀建筑设计二等奖；"北京城市宾馆建筑设计及室内设计"获机械部优秀建筑设计二等奖；主持设计了山东交通学院博物馆建筑设计，郑州市博物馆科技馆建筑设计，北京市崇外大街规划，中国山海关旅游度假区规划等项目。

东北大学汉卿会堂

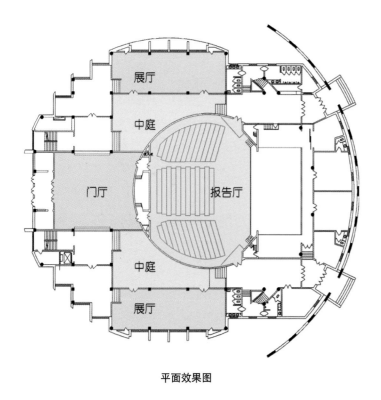

平面效果图

中庭采光天窗

贵宾接待室

东北大学汉卿会堂外景

CHEN YAOGUANG

陈耀光

陈耀光,1987年毕业于中国美术学院首届环艺系。1994年就职于浙江省建筑设计院,任杭州典尚设计公司创意总监,中国建筑学会室内设计分会理事,中国建筑学会室内设计分会、第七(杭州)专业委员会主任,中国建筑学会室内设计分会专家委员会委员,浙江省建筑装饰行业协会设计委员会会长。《ID+C室内设计与装修》、《中国室内设计年刊》、《CHINA INTERIOR—装饰装修天地》、《家饰》等多家专业刊物编委会委员,2004年度CIHAF中国十佳住宅设计师。

深圳典尚设计公司办公楼

陈耀光作品"杭州之江饭店蓝宝石娱乐城"及"杭州九里松度假饭店"1996年在由中国建筑学会室内设计分会、中国建筑装饰协会等机构主办的"新西兰羊毛局杯中国室内设计大奖赛"获二等奖;"浙江音乐厅"1998年获中国室内设计大奖赛一等奖;"杭州新隆达大酒店"获1999年中国室内设计大奖赛一等奖;"杭州城隍酒楼"获中国青年室内设计师大赛一等奖;"浙江嘉兴电视台"及"杭州红星文化大厦"获2002年全国建筑工程装饰奖"设计大奖";"浙江嘉兴大剧院"获2004年中国室内设计大奖赛一等奖;"李叔同纪念馆"获中国室内设计大奖赛一等奖;"杭州典尚设计公司办公空间"获2005年中国室内设计大奖赛二等奖。

嘉兴大剧院

李叔同纪念馆

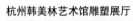
杭州韩美林艺术馆雕塑展厅

WU HAO
吴 昊

吴昊，教授，硕士生导师，西安美术学院学术委员会委员。1984年毕业于西安美术学院工艺美术设计系。现任西安美术学院建筑环境艺术系主任、学科带头人。陕西省装饰协会常务理事，中国美术家协会会员，中国美术家协会环境艺术委员会委员。中国建筑学会会员，中国工艺美术学会会员，中国雕塑学会会员，中国建筑学会室内设计分会理事，全国建筑美术教材编委会委员，全国环境艺术教材编委会委员，全国有成就资深室内建筑师。

西安大雁塔北广场公共艺术

　　吴昊教授近年来发表《继承·吸收与民族化》、《系统性艺术教育研究》等学术论文共计二十余篇，先后出版《流动空间》、《环境艺术设计》、《灯具设计》、《装饰材料应用与设计》、《世界室内设计精华》、《建筑模型》、《世界建筑画选》、《建筑素描》、《建筑装饰环境艺术图典》等专著19部。其中《水粉》（全国高等院校建筑美术系列教材）获建设部优秀教材二等奖。《环境艺术设计》教材获西安美术学院优秀教材评比一等奖。《灯具设计》教材获西安美术学院优秀教材评比三等奖。《水粉画技法》教材获西安建筑科技大学优秀教材评比一等奖。

　　吴昊教授的作品在中国'99世界园艺博览会"陕西唐园"获长期永久展园金奖。"唐阙门"获单体设计金奖。"唐园"方案获设计银奖。全国居室设计获大赛居室实例金奖。他是陕西大厦室内设计项目负责人，主持设计。大雁塔北广场艺

王子茶艺

术工程项目负责人，主持设计。陕西民俗怡园（原盆景园）景观规划项目负责人，主持设计。大唐曲江芙蓉园景观规划项目负责人，主持设计。首都机场一号候机厅出入口文化墙项目主持设计。人民大会堂陕西厅室内设计项目主持设计。延安枣园文化广场规划项目主持设计。西峰雄关大刀园景观规划与公共艺术设计项目负责人，主持设计。

王子茶艺

山门佛塔大唐列柱

SU DAN

苏 丹

苏丹,男,现任清华大学美术学院环境艺术设计系副主任副教授,中国美术家协会环境艺术委员会秘书长。兼任《中国室内》杂志副主编,中国室内设计学会理事,中国明式家具研究会理事,山西大学客座教授,云南大学兼职教授,北京经济技术开发区艺术委员会委员。

苏丹设计作品

苏丹设计作品

苏丹设计作品

苏丹设计作品

工程项目:主持设计了清华大学工字厅、首都国际机场、北京海淀剧院、山西全晋会馆等室内设计和康堡花园、蓝堡花园、宁波常青藤、郑州大河龙城、天合家园等景观设计百余项工程。

2001年策划组织"突围"景观设计6人展。2001年参加艺术与科学国际大展,作品"积淀的断面"获国际评委提名奖,2003年应邀参加巴西圣保罗国际建筑设计双年展。

苏丹设计作品

YE BIN
叶　斌

叶斌，高级建筑师，国家一级项目经理。毕业于南京建筑工程学院建筑系建筑学专业。福建国广一叶装饰机构董事长、首席设计师。中国室内设计学会理事，中国建筑装饰协会理事。福建省勘察设计协会室内与环境设计专业委员会副主任，福建省建筑装饰协会副秘书长，福州市勘察设计协会副理事长，福州市建筑装饰协会家装委员会主任。2004年度中国杰出中青年设计师。

贵族世家牛排重庆解放碑分店

叶斌著有《室内设计图典》(1、2、3)，《装饰设计空间艺术·家居装饰》(1、2、3)《装饰设计空间艺术·公共建筑装饰》，《建筑外观细部图典》，《国广一叶·室内设计》，《国广一叶·室内设计模型库——家居装饰》(1、2、3)，《国广一叶·室内设计模型库——公建装饰》，《国广一叶·室内设计模型库——构成元素1》(1、2)，《国广一叶·室内设计——家居装饰(一)》，《室内设计立面构图艺术·家居装饰》，《室内设计立面构图艺术·公建装饰》，《国广一叶·建筑表现》，《打造新家居·设计集成》(①②③④⑤⑥)。

叶斌的设计作品"内蒙古呼和浩特市中级人民法院"获2004年中国第五届室内设计双年展铜奖，"厦门奥林匹亚中心"获2004年中国第五届室内设计双年展铜奖，"福州玖玖丰田汽车4S店"获2004年中国第五届室内设计双年展优秀奖，"工行河南分行营业科技大楼"获2004年中国第五届室内设计双年展优秀奖，"泉

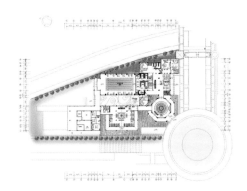

东方威尼斯大堂一层平面图

州市博物馆"在2003年"华耐杯"中国室内设计大奖赛中获奖,"南平市国税办公大楼"获2002年中国建筑工程装饰奖设计单项奖,"沈阳工业学院图书馆"获2002年第一届中国青岛设计节室内设计优秀作品奖,"福建奥林匹亚中心"获2002年"史丹利杯"中国室内设计大奖赛佳作奖,"厦门日报新闻大厦"获2002年全国第四届室内设计大展优秀奖,"福建省迎宾馆3号楼"获2001年全国第三届室内设计大展优秀奖,"漳州电信枢纽大楼"获2001年"巴斯夫杯"中国室内设计大奖赛佳作奖,"福建省迎宾馆2号楼"获2000年"巴斯夫杯"中国室内设计大奖赛佳作奖。

东方威尼斯大堂

东方威尼斯餐厅

东方威尼斯健身馆

KANG YANBU
康 延 补

康延补（远步先生），国家一级注册建筑师，全国有成就的资深室内建筑师，中国高级室内建筑师，IFI国际室内建筑师／设计师联盟成员，中国建筑学会室内设计分会理事，第八专业委员会副主任、秘书长，福建省室内与环境设计专业委员会常务委员，福州远步艺术装饰有限公司总设计师。

远步公司

康延补2005年获首届 IFI 国际室内设计大赛暨"华耐杯"中国室内设计大奖赛一等奖，2005年获设计·生活·卫浴空间——箭牌杯·全国卫浴空间及产品设计大奖赛浴缸产品设计大奖，2000年获"首诺杯"中国青年室内设计师作品大赛一等奖，2004年获第一届海峡两岸三地室内设计大赛一等奖、二等奖，2005年获第二届海峡两岸四地室内设计大赛一等奖、二等奖，2006年获亚太室内设计嘉年华暨2005室内设计年度传媒奖"年度优秀设计奖"，2000年获全国第三届室内设计大赛银奖，2000年获中国室内设计大奖赛暨"巴斯夫杯"室内设计大赛三等奖，2004年获"华耐杯"中国室内设计大奖赛三等奖，2001年、2002年获福建省第一届、第二届室内设计大奖赛一、二、三等奖。

他多次在 ID+C《室内设计与装修》、《当代设计》、《新居室》、《现代装饰》等全国重点学术刊物发表作品及学术论文，部分作品收录2000年、2001年、2002年、2003年、2004年、2005年《中国室内设计年刊》及《中国室内设计优秀作品集》。

平面图

总裁办公室

WEN SHAOAN

温 少 安

温少安，1988年毕业于中国美术学院环境艺术系。1988年—1994年就职于佛山建筑设计院任建筑师；1994年创建风景环境艺术设计工程有限公司；中国建筑学会室内设计分会会员、专家委员会委员，佛山建筑业协会装饰专业委员会秘书长。2000年承办中国建筑学会室内分会第十一届（佛山）年会，当选为学会理事；2001年佛山首届家居室内设计大赛评委；2005年成为IFI首届国际室内设计大赛暨2005年"华耐杯"中国室内设计大奖赛评审委员会委员等。

陶瓷专卖店情景空间 A 区

　　2005年温少安及其公司成为2005英皇卫浴战略联盟合作体，温少安及其公司成为鹰牌陶瓷有限公司设计顾问；其为佛山市城市规划委员会委员；当选为佛山市建筑业协会装饰专业委员会副主任；2003年担任《中国室内设计师品牌产品手册》专家委员会专家；2002年主办佛山第二届家居室内设计大赛并任评委；2002年在西安《亚洲室内设计联合会第二届年会》上作为国内部分分会学术主持人；2002年应邀组织全国室内设计界名师参加"2002中国佛山国际陶瓷博览会"；2001年经学会常务理事会批准成立中国室内设计学会佛山委员会，并成为佛山委员会主任。温少安的作品"佛山祖庙路改貌设计"2005年获城市规划综合评审第二名；2004年获中国室内设计大奖赛二等奖，中国室内设计师十大年度封面人物；2003年"欧神诺杯"中国室内设计手绘表现图大赛优秀奖；入选2002年第十三届西安年会中国名设计师走廊；2002年获亚太区室内设计大赛优秀奖；2001年"佛山大浩湖梁氏住宅"获中国室

陶瓷专卖店情景空间 A 区

内设计大奖赛优秀奖，第一届"吉象 e 匠"大赛绿色田园提名奖；2000 年获
《原本书社》"巴斯夫杯"室内设计大赛佳作奖；1999 年"深圳国信证券有限
公司室内设计获中国室内设计大奖优秀奖；1987 年入选《全国建筑画展览》
于中国美术馆展出获铜奖。

　　2005 年其作品入选《海峡两岸三地室内设计优秀作品集》；2003 年作品
入选《中国当代室内艺术》；作品多次入选 2000 年－2004 年《中国室内设计
大赛优秀作品集》；多次入选《中国室内设计年刊》；作品入选 2002 年第 9 期、
第 10 期《家 HOME》；2002 年在中国佛山陶瓷博览会国际陶瓷论坛中主持了
国际陶瓷艺术研讨会论坛，入选论文集；2002 年论文《建筑陶瓷色彩设计与
室内空间》选登于《国际建筑陶瓷设计及运用研讨会论文集》；文章《封闭型
室内空间视觉环境设计探讨》入选 2000 年佛山年会暨国际学术交流会论文
集；2002 年论文《建筑陶瓷色彩设计与室内空间》选登于《国际建筑陶瓷设
计及运用研讨会论文集》。

陶瓷专卖店情景空间 A 区

温少安设计作品

陶瓷专卖店情景空间B区

温少安设计作品

陶瓷专卖店情景空间 B 区

WANG CHUANSHUN

王 传 顺

王传顺，男，1959年生，江苏盐城人。教授级高级建筑师，高级室内建筑师，建设部国家一级项目经理，首批国家一级注册建造师，国家二级注册建筑师，上海现代建筑装饰环境设计研究院有限公司副院长，中国建筑学会室内设计分会理事，上海市装饰装修行业协会设计专业委员会理事，中国建筑学会会员。

会客室

签证大厅

签证大厅

多功能厅

王传顺二十年来获得奖项主要有：1987年9月10日获国家建筑材料工业局、中华人民共和国城乡建筑环境保护部全国"卫生间最佳设计方案特别邀请赛"设计一等奖，1988年3月获"家具与生活"第二十次设计大奖赛佳作奖，1999年11月浦东国际机场航站楼贵宾区室内设计获得中国室内设计大奖优秀设计荣誉奖，2002年10月成都双流国际机场获"史丹利"杯中国室内设计大奖赛佳作奖，2003年10月宁波栎社机场获上海市装饰装修行业一等奖，2005年10月上海市长宁区机关办公楼获IFI国际室内设计师联盟和中国室内设计大奖赛办公类优秀奖，2005年10月海南海口美兰国际机场扩建室内设计获"华耐杯"中国室内设计大奖赛入围作品奖。

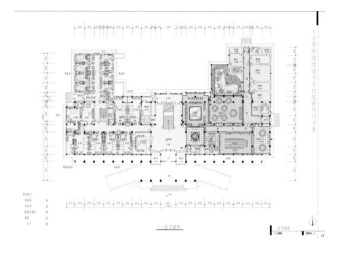

中国驻美国纽约大使馆会见休息厅

钓鱼台入口休息门厅

钓鱼台宴会厅

王传顺论文、著作及作品颇丰。

论文有：《宁波栎社机场新航站楼室内设计》、《沈阳桃仙国际机场新航站楼室内设计》、《成都双流国际机场新航站楼室内设计》、《西安咸阳国际机场新航站楼室内设计》在《中国建筑装饰装修》杂志发表，《两个磁悬浮列车车站的设计》、《现代公共交通建筑室内设计》在《室内设计与装修》杂志发表。

著作有：《中国室内设计年刊》、《中国室内》、《设计师的家》、《室内设计新趋势》、《二十世纪航空城浦东国际机场建筑室内环境设计与装饰》、《酒店餐厅》装饰设计图集、《高级民用建筑装修图集》、《高级民用建筑装修图集》、《中国浦东干部学院工程建设与管理》等。

作品有：《当代中国青年建筑师优秀作品选1》、《室内设计新趋势》、《中国优秀青年室内设计师作品选》、《亚洲室内设计联合会作品集》、《中国室内设计年刊》、《中国室内设计大奖赛优秀作品集》、《中国浦东干部学院工程建设与管理》等。

钓鱼台接待大厅

WANG TIE

王 铁

王铁，1959 年出生于哈尔滨市。1986 年中央工艺美术学院（现清华大学美术学院）室内设计系获学士学位。1990 年至 1992 年日本国立名古屋工业大学建筑计划工学松本研究室研究生，1992 年-1995 年日本爱知县立艺术大学研究生院第三研究室空间计划专业获硕士学位。中国建筑学会室内设计学会常务理事，中国建筑装饰协会专家组副组长，中国美术家协会会员，中国美术家协会环境艺术委员会委员，国际商业美术设计师协会（ICAD）中国地区专家委员会委员，ICAD景观设计师委员会主任，北京市建筑工程评标专家，日本Be设计株式会社中国公司代表。中央美术学院建筑学院第五研究室负责人、硕士研究生导师、副教授。

哈尔滨昌远大厦会馆 2 楼

王铁著有《文字空间到视觉空间设计》（湖南美术出版社）、《外部空间环境设计》（湖南美术出版社）、《中国建筑装饰协会室内建筑师培训教材》（哈尔滨工程大学出版社）、《室内设计与环境》（安徽美术出版社）、《建筑设计与环境》（安徽美术出版社）、《WANGTIE王铁建筑·室内空间环境设计》（中国建筑工业出版社）。

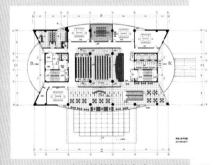

一汽科技情报信息中心三层平面图

一汽科技情报信息中心小会议厅

一汽科技情报信息中心三层休息厅

一汽科技情报信息中心一层平面图

WANG PING

王 评

王评设计作品

王评,1987—1991年于现西南大学美术学院设计专业学习,1991—1993年任高校室内设计专业教师,1993—1997年任装饰公司设计总监,1997年至今任广东东莞王评装饰设计有限公司负责人、设计总监。1989—2004年评为全国百名优秀室内建筑师,任中国建筑师协会室内设计分会理事、第十四专业委员会副主任,IDA香港室内设计师协会会员,广东东莞建筑装饰协会副会长。

王评的作品2001年获中国室内设计大奖赛"佳作奖",2002年获亚太室内设计大奖企业组特别"荣誉奖"、亚太室内设计大奖住宅组特别"优秀奖"、全国建筑工程装饰奖、中国室内设计大奖赛"优秀奖",2003年获中国室内设计大奖赛"三等奖"、中央电视台全国家居设计电视大赛"创意大奖"、最佳年度设计师"提名奖",2004年获中国室内设计大奖赛办公工程类"优秀奖"。

XUE GUANGBI

薛 光 弼

薛光弼，1966年毕业于上海同济大学建筑学专业本科。1967年至1994年于福建省建筑设计研究院任高级建筑师；1979年于香港 K·T·PHILCOX 设计事务所工作半年；1988年至1990年访问学者赴日本、美国等34个城市考察；1997年访问学者赴台湾进行学术交流；2005年10月赴北欧4国参加国际室内设计师联盟年会；1993年至2004年任教于福州大学；1994年至今兼任福州大学土木建筑设计研究院顾问、总建筑师；福建省招标评标专家；中国建筑学会室内设计分会副会长、常务理事；中国建筑学会室内设计分会福建第八专业委员会主任；福建省农业大学园艺院硕士生导师；闽江学院等大学客座教授；国家首批一级注册建筑师、高级建筑师、福建省科协台湾交流工作委员会主任。

福建积翠园艺术馆

　　薛光弼多年来组织全国性设计年会和举办海峡两岸四地室内设计大奖赛。2001年他与台湾中华室内装修专业技术人员学会汪精锐理事长组建"海峡两岸室内设计交流中心"，整合设计精英，组织设计团队。与台湾、香港、澳门等地区和东南亚等国家的设计学会开展设计师联谊活动，为提高国内设计水平而努力工作。

　　主要作品有福州中级人民法院、南通市通州大厦、福建积翠园艺术馆、福建省电力调度中心综合楼、福建连江博物馆、福州妙峰山陵园、福州闽侯旗山万佛寺、福建会堂装修方案、西湖宾馆、外贸宾馆装修顾问、福州圣泉陵园、闽侯十八重溪度假村、上海儿童城、苏州国际服装城装修等。

　　天津科学技术出版社出版了他的《香港建筑室内设计》、《当代室内设计300例》、《美国当代环境艺术》、《美国当代建筑造型》、《美国当代室内设计》；《知音海峡两岸三地室内建筑名师作品集》在中国建筑工业出版社出版；《室内设计与装修》127期编辑海峡两岸室内交流专辑（江苏室内杂志社）；《中国建筑装饰装修》2005年第1期编辑海峡两岸室内交流专辑（中国建筑装饰装修）。

获奖情况：2004年全国有成就资深室内建筑师评审组委会评为"全国有成就资深室内建筑师"；2004年中国建筑装饰协会评为"全国有成就资深室内建筑师"、"专家工作委员会专家成员"；1993年参加全国建设部、建材工会、中国摄影家协会举办的"全国建设系统职工摄影、书法、绘画作品展"，作品荣获一等奖；1985年参加南通市土木建筑学会举办的江苏省南通市通州大厦设计竞赛，荣获一等奖；1987年参加福建省建设委员会组织的省城镇住宅设计方案竞赛荣获二等奖；1995年《美国当代建筑丛书》（3本）在第10届1994年度北方十省市优秀科技图书评选中获一等奖；1989年"福州市中级人民法院审判庭"荣获省级优秀工程设计二等奖；1987年10月获华东地区建筑标准设计协作领导小组优秀住宅设计方案荣誉证书。

苏州中国国际服装城瀑布大楼　　　　　　建筑：李有斌　薛海

苏州中国国际服装城大堂效果图　　　　　　室内设计团队：彭晓、陈顺和、邹磊、韩天腾、林开新、施旭东、陈志元

LIU YONGHENG

刘永恒

刘永恒,中国建筑学会室内设计分会会员,广东省土木建筑学会环境艺术学术委员会会员,高级室内建筑师。2004年授予"全国有成就资深室内建筑师"荣誉称号。刘永恒由绘画及美术设计转向室内设计达三十年,认为重视建筑条件、结合建筑目标诠释不一样的文化内涵是服务性室内设计的基本手段。1993年创立广州市刘永恒设计有限公司,主持与澳大利亚五合国际设计集团合作项目。作品有上海国际会议中心酒店、山东大厦酒店及会议中心(五合国际合作项目)、山西国际贸易中心酒店(五合国际合作项目)、哈尔滨太阳岛国家迎宾馆、广州市丽江明珠歌剧院、宁波市华联商业广场。

LUO TIANHONG

罗 天 虹

罗天虹，中国建筑学会室内设计分会会员，高级室内建筑师。2004年授予"全国有成就资深室内建筑师"荣誉称号。1993年创立广州刘永恒设计有限公司任总设计师。1983年从事室内设计，1999年主持与澳大利亚五合国际设计集团合作设计项目。作品有1986年北京钓鱼台国宾馆7#、14#楼，山东大厦酒店及会议中心（五合国际合作项目），山西国际贸易中心酒店（五合国际合作项目），宁波华联商业广场，广州市丽江明珠歌剧院等。

XIAN HANGUANG

冼汉光

惠鸿 SPA 美容

冼汉光，国家一级注册建筑师、高级建筑师、高级室内建筑师。1962年毕业于华南工学院（现华南理工大学）建筑学系。现为中国建筑学会会员、中国室内设计分会会员、广东省建筑学会建筑艺术委员会委员、广州市建筑装饰协会专家组专家、广东省建筑专家库专家、广州市建筑科技委专家库专家、广州市珠江建筑装饰有限公司总工程师。

冼汉光亲自完成及指导完成过数十项大型工程的建筑设计与室内设计工作，如艺星宾馆、华山·金叶大厅·华南娱乐城、军区后勤部办公大厦、广东省广州市商检局大厦、军区文化大厦、军区礼堂、军区珠江宾馆高级接待站以及国家级976-1工程等。

冼汉光著有专业性及针对性较强的理论著作，发表在《广东建筑装饰》、《南方建筑》、《广东省建设报》、《广东省建筑学会年会论文集》上，如《谈我国加入WTO后建筑装饰业的新形势及其对策》、《水·环境·建筑·人情味》、《岭南住区环境建设特色及新的追求》、《谈岭南建筑室内环境地域性特征》、《辉煌的历史·灿烂的未来》——谈中国建筑装饰业的历史及其发展趋势、《艺星宾馆建筑意念及室内环境创作的特点》、《珠江宾馆留园高级接待站室内装修创作理念概述》等等。

　　冼汉光亲自设计及主持的976-1工程及艺星宾馆分别获得全军优秀工程设计一等奖及二等奖、976-1工程获工程国家级鲁班奖，2003年曾获广州军区优秀科技干部二等奖。2004年获全国有成就资深室内建筑师等殊荣。

　　冼汉光其设计理念：提倡建筑师与室内设计师要密切配合，强调"只有建筑设计与室内设计融为一体，才是最完美的设计"。十分重视地域性文化，强调"地域性特征是建筑及装饰创作的源泉"。追求清雅、通透、自然的风格，强调"和谐造就美观"。十分着重材质、经济、效益的关系，强调"粗材细作、低材高用、合理搭配、美观适用是建筑装饰的永恒追求"。

锦州大连湾海鲜

冼汉光设计作品惠鸿 SPA 美容店

CHEN ZHUN

陈 准

广西医科大门诊大堂

陈准，1985年毕业于广西艺术学院美术系装潢设计专业。现任广西建科院桂科诚建筑装饰工程有限公司总经理，广西建筑科学研究设计院环境艺术专业设计院院长，广西资深高级室内建筑师。荣获"全国有成就资深室内建筑师"。2005年获"广西十佳资深室内建筑师"称号。

　　陈准近五年主要室内设计成果有梧州五丰大酒店、桃源饭店、广西医科大一附院室内外装饰设计与施工、广西区工行招待所室内设计与装修工程、贵港市水利大厦、区国税综合办公楼等；近五年承担的学术研究课题：《广西少数民族建筑装饰与现代装饰互融设计》；发表的学术研究论文有：《国家标准建筑工程施工质量验收规范广西应用手册》（广西科学技术出版社）。2004年3个项目获中国建筑学会室内设计分会广西第二届室内设计大赛优秀奖。

广西医科大门诊

广西医科大门诊

广西医科大门诊

HUANG WENXIAN

黄文宪

黄文宪，广西艺术学院设
计学院副院长、教授、硕士
研究生导师，中国建筑学
会室内设计分会常务理事。
广西专业委员会主任。广
东新会人。1982年毕业于
中央工艺美术学院（现清
华大学美术学院）室内设
计专业。曾在广西建筑综
合设计院担任高级室内设
计师工作多年，1994年调
入广西艺术学院任教至今。
现为中国工艺美术学会雕
塑委员会委员，中国美术
家协会广西分会理事，广
西环境艺术设计专业学术
带头人。2004年荣获"1989
年至2004年全国有成就资
深室内建筑师"荣誉称号。

南湖山庄

黄文宪1986年参与中国援建缅甸国家文化剧院室内设计，承担贵宾厅和门厅
设计。1988年—1989年前往约旦王国在中国驻约旦大使馆建设工程中任环境艺
术设计现场指导。1992年接受广西政府任务，担任首都人民大会堂广西厅室内装
修设计总设计师至同年10月竣工。该工程被北京建筑专家及大会堂管理局赞誉为
"一流厅堂"。该工程在"'97当代艺术设计展"中获得设计奖牌及证书。1996年
接受广西人民政府重点工程——广西南宁西园饭店总统楼室内装修设计，获广西
优秀工程奖。1997年主持广西政府重点工程——广西政协大厦环境艺术及室内设
计，荣获1999年中国建筑工程鲁班奖。1998年主持广西政府重点工程——广西

人民大会堂主要厅室设计，该工程荣获2001年中国建筑工程装饰奖。1999年设计作品"广西艺术学院美术馆"入选全国第九届美术作品展览艺术设计展，获广西美术作品一等奖。2000年参加中国首届雕塑艺术节雕塑大赛，石雕作品"依恋"入选，荣获永久收藏证书。2001年接受长春国际雕塑邀请赛邀请，设计制作石雕作品"绅士"获收藏证书。作品永久陈列在长春国际雕塑公园。2002年室内设计作品"桂林漓江饭店"参加2002中国室内设计大赛，荣获佳作奖及奖牌。2002年5月水彩画作品《绿意》、《侗乡雪》入选"纪念毛泽东在延安文艺座谈会上的讲话发表60周年美术作品展"。2004年3月承担南宁市人民政府重点工程——青秀山霁霖阁建筑及室内装修设计。2006年4月承担南宁市人民政府重点工程——城市平台·桂馨楼建筑设计。

DU YI
杜 异

杜异，清华大学美术学院环境艺术设计系副教授，硕士生导师。中国建筑学会室内设计学会会员，中国照明学会会员。

杜异从事的教学及科研领域包括"环境景观设计"、"室内设计"、"照明系统及光环境设计"等，以及"环境行为及心理学"的研究。论著包括：参与编著《室内设计资料集》中"照明设计"章节；编著高等院校专业教材《照明系统设计》一书；参与编著《装饰装修设计全书》等。

其设计的项目包括：第十一届亚运会主会场环境设计；1993法国卢昂国际博览会中国浙江馆（法国卢昂）总设计；新加坡中国银行多功能厅（新加坡）室内设计；北京国际机场新航站楼贵宾休息厅室内设计；哈尔滨市果戈里大街及马家沟河园景观及照明设计；甘肃金川广场夜景照明等。

南通综艺大酒店大堂

河北天下第一城室内酒会花园

GAO XINXI

高鑫玺

嘉润饭店桑拿接待厅

高鑫玺，1988年毕业于天津美术学院。山西大学美术学院副院长、硕士生导师。中国民间文化艺术博物馆副馆长，中国建筑学会室内设计分会第29届（山西）委员会副主任，山西省民间艺术家协会副主席。

　　高鑫玺长于酒店设计、办公空间设计及景观设计。严谨和朴实是他一贯遵循的原则，关注细节的精巧与经典，关注人与作品之间、作品与环境之间的情感联系。作品"柳林宾馆"获全国第二届室内设计大展铜奖，"怡景别墅"获全国第四届室内设计大展优秀奖，"晋祠国宾馆三号楼"获2005年中国室内设计大奖赛三等奖，"山西大学音乐厅"、"嘉润饭店"入选2005年《中国室内设计大奖赛优秀作品集》，"太原市国家税务局办公大楼"设计发表于《装饰》，"联盛煤电集团综合大楼"、中阳宾馆"设计发表于《中国室内设计年刊》，"别墅设计"发表于《中国当代艺术》，"榆次老城"的修复和改造获抢救民间文化遗产贡献奖。著有

晋祠宾馆3号楼接待室

晋祠宾馆3号楼书吧

《榆次老城》，山西人民出版社出版。论文《窑洞的建筑特色及现代室内环境设计》被《中国建筑学会室内设计分会2003"欧神诺"南京年会暨国际学术交流会论文集》收录，论文《现代住宅户型设计的合理性初探》发表于《山西建筑》。

晋祠宾馆3号楼书吧

晋祠宾馆3号楼休息室

山西大学音乐厅前庭

中钢宾馆

山西大学音乐厅

FENG XUEDONG

冯雪冬

白宫样房

运华样房

天天渔港酒店

冯雪冬，1965 年出生于哈尔滨。1991 年毕业于哈尔滨大学环境艺术系。高级室内建筑师。现为哈尔滨麻雀装饰工程设计有限公司首席设计师。

　　2000 年作品"黑龙江省建国五十周年成就展"被中国室内设计大奖赛暨"巴斯夫杯"室内读者论坛大赛评委会评为入围作品。2001 年"哈尔滨新盛家园住宅方案"和"哈尔滨天天渔港酒店"两部作品入选到《中国室内设计年刊》。2002 年被聘为黑龙江省建筑装饰专家委员会专家。2002 年"运华地产样板间"荣获中国建筑工程装饰奖。2004 年被中国建筑协会特别认定并荣获"杰出中青年室内建筑师"称号。2003 年获全国建筑装饰奖。2004 年获黑龙江省"龙江杯"。2005 年获黑龙江省"龙江杯"。

　　冯雪冬室内设计作品及施工图集分别由中国建筑工业出版社、哈尔滨工业大学、黑龙江省科技出版社、天津大学出版社出版。

GUO JIE

郭 杰

郭杰设计作品

郭杰，中国室内装饰协会会员，中国建筑学会室内设计分会高级室内建筑师，亚洲室内设计联合会会员。现任深圳市晶宫设计装饰工程有限公司总工程师，新加坡DGI晶宫国际设计研究院院长、高级环境艺术设计师，深圳市高级职称评定委员会评委。

郭杰设计专长于室内空间、小型建筑、园林景观，曾获亚太地区室内设计大奖多次及中国室内设计大奖赛一、二、三等奖多次、全国有成就资深室内设计师等国家级室内设计奖项多次、安徽省室内装饰设计大赛特等奖等地方各级室内设计奖多次。著有《快速干画室内设计》、《简洁——现代室内设计的风格倾向》等专毕业论文，被多家媒体刊登。

YE YONGHENG

叶 永 恒

书房　　　　　　　　　　　　门厅

叶永恒（叶恒），毕业于广州美术学院。原香港MT设计公司主持设计师。获"1989年—2004年全国百名优秀室内建筑师"称号。现任上海怡恒室内设计装饰工程有限公司（东方怡恒）设计总监。

叶恒所带领的上海装修行业协会的装饰团体会员——东方怡恒，秉承建造诚信工程的信念，力求每一项工程都要做到最完美。叶恒坚持起用具有专业技术职称的施工人员，并实行质量监督，以保证工程的质量以及自己的设计风格在实施操作中不走样，确保原设计理念得以实现。16年来，叶恒将自己的艺术才华和设计天赋完全融入于他所热爱的事业，并将不断延续下去。创作其实就是深入到生活的细节，帮助不同类型的业主表达出自己的生活理念和生活方式。他设计的"中油大酒店"获上海"白玉兰"金奖；"南京建邺区政府大厦"获"扬子杯"奖。

错层餐厅

WANG PING

王 平

政通大厦共享大厅设计方案一　　天津市政—公司办公楼大厅设计方案　　招商银行天津分行营业大厅设计方案

塘沽文化中心埃及影厅

王平，1976年毕业于天津工艺美术学校室内装饰专业并留校任教，1978年至1980年进修于中央工艺美术学院。1987年天津工艺美术学院环境艺术设计专科毕业；大学本科毕业于天津师范大学美术学专业。中国建筑学会室内设计分会会员。现任天津工艺美术学院环境艺术系主任副教授。

政通大厦共享大厅设计方案二　　　　　中国天津乳腺癌防治中心报告厅设计方案

　　王平参与主持多项重点室内外装饰、装修工程设计投标并中标。在"中国室内设计大展"中作品获"室内设计铜奖"、"优秀奖"。在"天津电脑美术设计作品大赛"获"银奖"、"优秀奖"。荣获"1989–2004全国百名优秀室内建筑师"荣誉称号。王平设计"婴儿摇床"被国家专利局授予"外观设计"、"实用新型"两项专利权。

赵铁坚

ZHAO TIEJIAN

赵铁坚设计作品

赵铁坚，出生于1964
年。1982年至1986年
就读于鲁迅美术学院
造型专业。中国建筑
学会室内设计分会会
员，全国百名优秀室
内建筑师，现任沈阳
铁坚环境工程设计有
限公司法人。

赵铁坚毕业后一直从事
室内建筑装饰施工设计，有
20年的专业工作经验，主持
过多项大中型项目施工与设
计，并获得业内人士的一致
好评。作品多次在《中国室
内设计年刊》、《中国建筑装
饰装修》等刊物上发表，并
于2000年出版《电脑营造空
间效果图》一书。

赵铁坚设计作品

83

GAO LIPING

高 立 平

食间餐厅

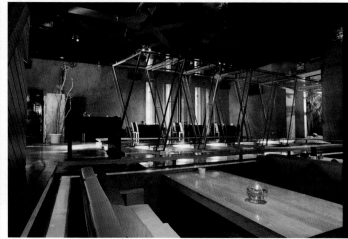

高立平，出生于1963年，1979年至1982年就读于吉林市轻工学校装潢系，1984年至1988年就读于吉林艺术学院美术系油画专业，1988年至1989年鲁迅美术学院壁画系研修，1993年至2000年在深圳市晶宫装饰工程公司，吉林省太阳神建筑装饰设计工程公司，吉林省百洋建筑装饰工程公司等多家公司任首席设计师。2003年赴美国考察并定居，2000年至2004年创办北京元创空间设计公司任设计总监。2004年至今任长春工业大学艺术设计学院客座教授，任吉林农业大学视觉艺术学院客座教授。

　　高立平认为空间设计是对整体空间立体逻辑美学的表现，细节、材料、语言均应服从于整体。空间审美语言无疆界，地域主义风格恰恰更具有国际性而被广泛接受。代表作品有：食间、面对面一店、香港华润集团生化股份有限公司建筑改造景观与室内设计。其中2003年"面对面一店"获中国室内设计大奖赛佳作奖；2004年"王鹏眼镜店"获中国室内设计大奖赛三等奖，"松花湖度假村"获中国室内设计大奖赛优秀奖，"明珠别墅"获佳作奖；2005年首届IFI国际室内建筑师／设计师联盟，"食间"获二等奖；清华大学美术学院新教学楼室内设计方案获优秀奖。

清华大学美术学院

高立平设计作品 松花湖宾馆

高立平设计作品 眼镜店

ZHANG FUHU

张 伏 虎

张伏虎，1960 年出生，1985年毕业于西安美术学院。现任西安交通大学人文学院艺术系副主任、副教授、硕士研究生导师，中国建筑学会室内设计分会第五专业委员会副主任、高级室内建筑师，陕西省美术家协会设计艺术专业委员会委员，陕西省土木建筑学会室内建筑师分会理事，中国民俗摄影协会学士会员、中国古镇专题小组成员。

陕西电力银河集团入口处

　　张伏虎多年来主要从事室内外环境艺术设计、摄影及雕塑等创作。主要室内设计和壁画雕塑作品有：陕西凯旋宾馆室内设计工程、西安交通大学北门浮雕设计及制作（获第二届全国城市雕塑展优秀奖）、西安纽华金商务会所室内设计、陕西电力银河集团公司办公楼室内设计等。

飞扬书吧大厅

飞扬书吧

飞扬书吧

飞扬书吧吧台

JIANG FENG
姜 峰

姜峰，建筑学硕士，高级建筑师、高级室内建筑师，深装集团姜峰室内设计公司董事、总经理。全国青年岗位能手，深圳市十大杰出青年，中国百名优秀设计师，全国杰出中青年室内建筑师，中国室内设计十大年度封面人物，享受国务院政府特殊津贴。

大连文化中心

深圳市市民中心

　　姜峰作品"深圳地铁一期工程车站"获中国室内设计大奖赛优秀奖及深圳市装饰设计作品展室内设计一等奖；"深圳市市民中心"获中国室内设计大奖赛三等奖及深圳市装饰设计作品展二等奖；"深圳金光华广场"获中国室内设计大奖赛优秀奖；"深圳会议展览中心"获中国室内设计大奖赛佳作奖及中国建筑学会室内设计分会深圳市装饰设计作品展二等奖；"大连文化中心"获深圳市装饰设计作品展一等奖及全国环境艺术设计大展优秀奖。

　　姜峰2005年主持了北京国际建筑装饰设计高峰论坛。2005年在清华大学举办的"建筑工程与设计"（北京）发展论坛上发表学术演讲。他多次在国家级刊物《建筑学报》、《世界建筑》、《室内设计与装修》、《现代装饰》、《中国室内》、《中国室内设计年刊》、《中国建筑装饰装修》等发表文章。

深圳地铁一期工程车站

深圳会议展览中心

深圳金光华广场

珠海海洋温泉度假酒店

ZHAO JIANGUO

赵建国

赵建国设计作品

赵建国，1982年毕业于四川美术学院绘画系油画本科专业，获文学学士学位。1982年至1998年云南工业大学建筑工程学院建筑系任副教授、教研室主任，负责创办了环境艺术设计专业。1999年至2003年昆明理工大学文学院艺术系任系主任、副教授。在校期间曾多次被评为优秀教师，并获成人教育先进工作者荣誉称号。

2003年赵建国调至四川音乐学院成都美术学院环境艺术系任系主任、教授，硕士生导师，兼学院创作科研处处长。现是IFI国际室内建筑师／设计师联盟成员，亚洲室内设计联合会成员，中国建筑学会室内设计分会理事、专家委员，中国建筑学会室内设计分会第四专业委员会副主任，2004年获"全国有成就资深室内建筑师"荣誉称号，高级室内建筑师，云南美术家协会会员。

他在教学方面主讲素描、色彩、徒手表现技法，建筑装修材料与构造工艺、室内设计原理、居住空间室内设计、办公空间室内设计、商场空间室内设计、餐饮空间室内设计、娱乐空间室内设计、酒店室内设计。1988年开始从事建筑室内外装饰设计、环境艺术设计的研究工作，多年来承担过办公空间、餐饮空间、商业空间、娱乐空间、体育馆室内、酒店室内装饰设计；古建筑修复；大型旅游景区项目的总体规划、修建性详细规划、环境艺术设计；居住社区景观设计等多门类项目工程的工程项目主持、设计和组织施工及管理工作。他的设计理念是设计中尊重历史文化，力图体现生活的本质，追求设计的原创个性。

赵建国1998年设计作品"泽园宾馆中、西餐厅、茶室"获云南省室内设计优秀奖；2003年指导青年教师一起合作设计的"天地间工作室"获云南省首届艺术设计大展一等奖；2005年与人合作编著出版了高等院校艺术设计专业丛书《环境、材料、构造》。

赵建国设计作品

赵建国设计作品

DING YUQING

丁域庆

丁域庆，高级建筑师，国家一级项目经理，国家注册一级建造师，全国有成就资深室内设计师。1982年毕业于中央工艺美术学院室内设计专业。中国建筑装饰协会副会长，重庆市建筑装饰协会会长，中国建筑学会室内设计学会会员，重庆市建设工程招投标评标专家，重庆市政协委员。现任重庆港庆建筑装饰有限公司总经理兼总设计师。

北京人民大会堂重庆厅——前厅

丁域庆从事建筑装饰设计工作多年，先后完成数百项大中型重点工程的设计任务。其中，尤以1997年北京人民大会堂重庆厅装饰工程深得专家和市领导以及人民大会堂管理局领导的一致好评。被北京市建设工程质量监督总局评定为优良工程，荣获"重庆市建筑巴渝杯优质工程荣誉奖"，获北京市第二届建筑装饰成就展"优秀建筑装饰设计奖"和"优秀建筑工程装饰奖"，荣获"全国第三届室内设计大展银奖"以及"新西兰国家羊毛局中国室内设计佳作奖"等。其工程情况在《重庆日报》《重庆晨报》《重庆商报》等诸多报刊媒体有所报道。其撰写的《北京人民大会堂重庆厅》装饰工程设计论文，刊登在国家级权威专业刊物《建筑学报》1999年第6期和《新重庆城市开发与建设》杂志1999年第4期。

2004年他主持设计的重庆·中国三峡博物馆中庭、生态廊及历代钱币、汉代雕塑展厅等装饰工程，建成后成为重庆市标志性建筑，相关工程资料被选登在国家级专业刊物《中国建筑装饰装修》2005年第6期。

北京人民大会堂重庆厅——会议厅

重庆中国三峡博物馆石阙展厅（一）

重庆中国三峡博物馆大堂

重庆中国三峡博物馆电梯间

重庆中国三峡博物馆汉代雕塑艺术序厅（一）

LI XUEFENG

李 学 锋

李学锋，高级室内建筑师，2005中国最具影响力中青年设计师，中国杰出中青年室内建筑师，国家首批认证高级室内设计师，福建省室内设计师资格评审委员会委员。

厦门牡丹大酒店

李学锋获2000年全国第三届室内设计大展银奖，2002年香港设计师协会"亚太设计2002展"优异奖，2002年CIDF国际设计师大赛优秀奖，2004年海峡两岸三地室内设计大赛二等奖、三等奖。作品被《中国优秀青年室内设计师作品选》及《中国当代室内艺术》收录。

厦门天上人间夜总会

ZHU BIAO
朱 飚

杭州萧山歌剧院外观

杭州萧山歌剧院

朱飚,1969年出生,上海人,大学文化。高级室内建筑师。现为深圳市建筑装饰(集团)有限公司总经理、中国建筑装饰协会常务理事、中国建筑学会室内设计学会深圳委员会副会长。

朱飚自1991年7月大学毕业至今,先后担任了设计师、项目经理、工程部经理、副总经理、总经理,亲自主持设计了多项大型装饰工程,并亲自指挥大型装饰工程的现场施工。如1991年8月至1994年12月,担任成都肯德基餐厅、成都百盛购物中心、成都太平洋百货等室内装饰设计,以鲜明的设计风格获得各方好评。1995年2月至2004年12月期间,先后负责长春名

西安唐城宾馆

门饭店、杭州五洲大酒店、上海大剧院、西安工商办公楼、武汉华中电力金融中心、深圳改革开放二十年成就展展厅、深圳保税区光炬厂房工程的设计与施工工作。其主持设计的多项工程荣获大奖，如西安唐城宾馆改造工程设计荣获 2003 亚太区室内设计大奖酒店／会所组特别荣誉奖；萧山歌剧院荣获 2003 年亚太区室内设计大奖学院社团组特别荣誉奖等等。

SHI PEIXIU

史 培 秀

①

史培秀，1989年毕业于
郑州轻工业学院工业艺
术设计系，中国高级室
内建筑师，中国建筑师
学会、室内设计学会第
三专业委员会常务委
员，国际室内建筑师／
设计师联盟亚洲室内设
计学会联合会委员，香
港室内设计协会深圳代
表处委员。创办深圳秀
松室内设计事务所、深
圳市好日子装饰工程有
限公司。

②

③

④

⑤

史培秀从事室内设计工作16年来，认为设计就是不向平庸就范，就是用尽办法与诸多限制周旋，并逐一将它们打破，最终获得更大自由的过程。他多次主持国内众多知名设计项目，设计风格"沉稳高贵，极简至上"。作品涉及酒店、别墅、会所、样板房、商场、医院、大型写字楼。赴欧美多次考察，作品屡屡在国际及国内重大设计竞赛中获奖。

代表作品有北京大学深圳医院，深圳盐田区委党校，深圳迎宾馆松园、兰园别墅，东方花园M3、M9、M10别墅，硅谷C-8别墅，湖北华中台商高尔夫会馆，湖南涟水名城会所，南京商场，南京新街口百货商场，深圳西武法国赫门服饰专卖店，武汉中商国际商场等。

① 会所大堂

② 影视厅

③ 中式客厅

④ 中式卧室

⑤ 欧式卧室

⑥ 欧式客厅

⑥

CHEN XIAOSHENG

陈孝生

陈孝生，高级室内建筑师，中国建筑学会室内设计分会常务理事，第八专业委员会常务副主任，福州大千环艺设计工程有限公司总经理兼首席设计师。2002年当选福建省室内设计十大影响人物，2004年当选中国室内设计师十大封面人物。

茶艺室

　　其设计的"大千公司写字楼"获全国第四届室内设计大展金奖。"福州融侨水乡酒店"获2004年中国第五届设计双年展银奖。"福州海景花园11#楼陈先生家居"获2000年中国巴斯夫杯室内设计大奖赛公共建筑项目佳作奖。"大千公司写字楼"获2001年中国巴斯夫杯室内设计大奖赛公共建筑项目三等奖。"元洪锦江花园样板房"获2001年第一届"吉象E匠"中国室内设计大赛提名奖。"福州海景花园11#楼陈先生家居"获2002年史丹利杯中国室内设计大奖赛优秀奖。"融侨锦江"获2003年中国建筑艺术奖住宅类社会贡献奖并入选《2003年中国建筑艺术年鉴》。"福州融侨水乡酒店"获2004年中国室内设计大奖赛公建类优秀奖。"福州融侨锦江B区I期2#1201室"获2005年海峡两岸四地室内设计大赛住宅

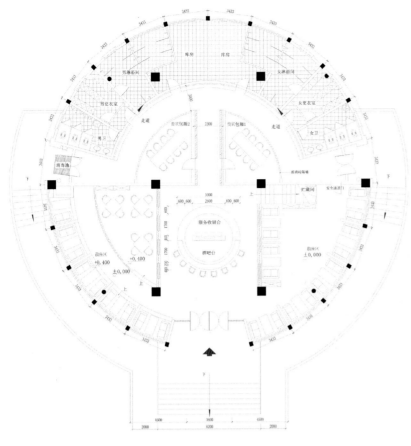

时空隧道酒吧屋一层平面图

散座区

类特等奖。"福州元洪锦江Ⅱ期2#1703室"获2005年海峡两岸四地室内设计大赛住宅类一等奖。"福州水乡别墅Ⅱ期70#楼"获2005年海峡两岸四地室内设计大赛住宅类二等奖。"福州融汇集团办公室"获2005年海峡两岸四地室内设计大赛办公类二等奖。"福州融侨锦江B区住宅"获2005年中国室内设计大奖赛住宅、别墅、公寓工程类三等奖。"福州融汇集团写字楼"获2005年中国室内设计大奖赛办公工程类三等奖。著有《国外现代商业装修设计丛书》（一套五册）。

前台

时空隧道公共区域

时空隧道酒吧包厢

CHEN ZHIBIN

陈 志 斌

陈志斌设计作品

陈志斌，毕业于湖南轻工业学院工艺美术系，进修于清华大学美术学院。历任湖南鸿扬设计经理，北京鸿扬设计总监、总经理。2002年成立"鸿扬－陈志斌工作室"，2003年赴港、新加坡设计学术考察，2004年赴欧洲设计学术访问，2005年赴日本设计学术考察，2006年初赴台湾省设计学术交流。十多年职业生涯，磨砺出成熟的风格、严谨的思维、狂放的追求。

他以深厚的文化底蕴诠释空间。获2005年中国十佳住宅设计师，2005年湖南省十佳室内建筑师，2005年全国住宅装饰装修行业优秀设计师。2005年"华耐杯"中国室内设计大奖赛佳作奖，2005年"箭牌杯"全国卫浴空间设计大奖赛三等奖，2005年"华耐杯"中国室内设计大奖赛入围奖，2005年湖南省第五届室内设计大赛金奖，2004年长沙家装设计杰出贡献奖，2004年首届"东鹏杯"全国室内设计大奖赛家装类惟一金奖，2004年"华耐杯"中国室内设计大奖赛两项入围奖，2004年第一届海峡两岸三地室内设计大奖赛优秀奖，2004年度湖南"弗丽可杯"百姓家装设计大赛金奖，2003年湖南首届室内装饰设计作品展银奖，2003年"华耐杯"中国室内设计大奖赛两项入围奖，2003年度湖南百姓家装设计大赛优秀奖，2002年度第二届"欧典杯"全国居室装饰实例大赛铜奖，2001年度湖南省"百姓杯"居室空间设计大赛银奖。

作品多次展播，发表于中央电视台、北京电视台、《北京晚报》、《北京青年报》、《长沙晚报》、《潇湘晨报》，并3次受邀中央电视台主讲《创意世界》节目，作品收录于《2003中国室内设计大奖赛优秀作品集》、《2004中国室内设计大奖赛优秀作品集》居住空间类、《2004中国室内设计大奖赛优秀作品集》公共空间类、《室内建筑施工图典》、《现代家居新范例》、《2005中国室内设计大奖赛优秀作品集》、《家具与室内装饰》杂志、《中国建筑装饰装修》、《家饰》、《现代装饰》、《中国家装》杂志。

连接上下的楼梯就是

陈志斌设计作品

ZHANG ZHIQI

张志奇

张志奇，1972年1月出生，博士、高级建筑师。先后荣获全国杰出中青年室内建筑师奖、全国百名优秀室内建筑师奖、北京市建筑装饰杰出中青年设计师奖。现为中国建筑学会直属会员、中国建筑学会室内设计分会会员。

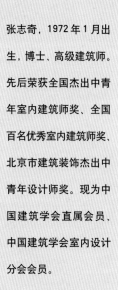

主持设计完成的代表作品有：人民大会堂全国人大常委会会议厅、西藏厅、山西厅、国家接待厅、118厅、迎宾厅，河北省委服务楼，邯郸中级人民法院，山东会堂烟台厅，拉萨西藏会堂，中国金币总公司办公楼，中国政法大学礼堂，外交部大楼部长接待厅、谈判厅等。在专业期刊发表论文多篇，致力于营造以地域文化为核心的中国设计文化。

FAN HONGWEI
范 宏 伟

哈尔滨日月潭大酒店

哈尔滨日月潭大酒店

　　曾设计、主持设计的工程有黑龙江省博物馆、黑龙江省电视台月亮湾电视城、黑龙江省电视台龙塔、中国银行哈尔滨市分行、人民银行黑龙江省培训中心，长春乐府大酒店、北京师范大学国际交流中心、吉林省松苑宾馆、吉林省宾馆、牡丹江北山宾馆及贵宾楼、长春大洋宾馆、哈尔滨市儿童医院、黑龙江省肿瘤医院、黑龙江省审计厅办公楼等。部分设计作品发表在《现代装饰》杂志上。作品"首都博物馆临时展厅"是国际投标中的入围作品。

范宏伟，生于1969年5月。1991年毕业从事建筑装饰工程设计工作至今。曾获黑龙江省建筑装饰优秀设计师、全国杰出中青年室内建筑师等光荣称号。

CHEN SONG
陈 松

伯特利教堂

伯特利教堂

　　他曾主持设计的工程项目包括：哈尔滨花园村宾馆、黑龙江省医院门诊综合楼、长春乐府大酒店、黑龙江省科技馆、黑龙江省电力开发公司、黑龙江省广电中心、首都博物馆、吉林省政府办公楼等。获2001年全国建筑工程装饰奖、2002年全国建筑工程装饰奖，2003年全国建筑装饰科技进步奖、全国建筑工程鲁班奖、2004年全国建筑工程装饰奖。

陈松，1975年生于哈尔滨。目前担任黑龙江省国光建筑装饰设计院院长，中国建筑装饰设计委员会委员，中国建筑学会室内设计分会会员。他多次被评为黑龙江省建筑装饰协会优秀设计师，2002年获中国建筑学会室内设计分会室内建筑师资格，2004年获"全国杰出中青年室内建筑师"荣誉称号，获中国建筑装饰协会颁发的室内建筑师资格证书。

HUANG ZHONGHUA

黄中华

黄中华，先后就读四川美术学院油画专业，中央工艺美术学院环艺专业。1993年担任中央工艺美术学院室内装饰工程公司珠海分公司设计总监。2000年回重庆创办奥艺装饰设计工程有限公司。近期主持完成的主要项目有：重庆长都假日酒店、重庆天地德园酒楼、河南固始国宾大酒店等设计。

黄中华设计作品

　　黄中华设计的"巴水天香茶艺馆"坐落于重庆长都假日酒店八层，面积约810平方米，由前厅、大厅、雅间包房、屋顶花园组成。整体设计理念以非传统的古典风格为主，勾勒出一幅自然、典雅、意境深远的茶艺空间。前厅空间布局均衡、对称，以一道弧形木制浮雕艺术墙分隔出不同的区域。琴台古筝以及左、右两侧各设置的一组仿石涛大师意象山水画，构成一幅空间宽广、诗情画意的第一道景观；悠悠琴声仿若进入时空隧道，思古、怀旧。步入正厅，映入眼帘的是一组仿唐人意境的现代中国画《观荷图》，由8片红丝线构成的条屏垂帘，荷花、荷叶

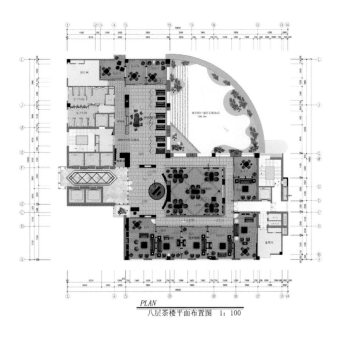

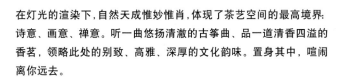

PLAN
八层茶楼平面布置图　1：100

在灯光的渲染下，自然天成惟妙惟肖，体现了茶艺空间的最高境界：
诗意、画意、禅意。听一曲悠扬清澈的古筝曲、品一道清香四溢的
香茗，领略此处的别致、高雅、深厚的文化韵味。置身其中，喧闹
离你远去。

黄中华设计作品

MENG JIANGUO

孟建国

孟建国，出生于1960年。毕业于中央工艺美术学院。高级建筑师。现任中国建筑设计研究院环境艺术设计研究院院长，北京筑邦建筑装饰工程公司总经理，中国建筑学会室内设计分会常务理事，中国建筑装饰协会常务理事、专家组成员、设计委员会副主任，北京装饰协会副理事长、设计委员会执行会长，中国资深室内建筑师，中央美术学院建筑学院硕士研究生导师。

中国移动指挥中心办公楼

　　孟建国作为负责人及设计主持人完成了：北京梅地亚中心，河南恒业大厦，河北省石家庄国际大厦，河北江源大酒店，唐山百货大楼超级市场，河北藁城大酒店，外交部办公楼，全国政协办公楼，文化部办公楼，威海中信金融大厦，北京大学一百周年纪念讲堂，中国邮政总局办公楼，中国移动通讯集团大楼。发表的论文及著作有：《建筑装饰工程概算预算编制与投标手册》，《建筑设计资料集》（第二版），《喧闹幽雅的执著》（杂志刊登），论文《中国室内设计发展任重道远》，《中国建筑设计研究院室内设计作品选》，《内装修》（2003年合订本），《中国景观设计年刊》，《2005年北京明星建筑装饰企业高峰论坛演讲专辑》，论文《可持续发展的节能型住宅》。

中国移动指挥中心办公楼

FENG LIE

冯 烈

冯烈，1983年毕业于广东轻工技术学院工艺绘画专业。现为深圳市美佳装饰设计工程有限公司董事长、高级室内建筑师、中国建筑装饰行业协会理事、中国建筑学会室内设计分会理事、中国百名优秀室内建筑师。

女友创意经营联合体

冯烈从事装饰设计工作二十余年，专长设计办公空间。主持设计完成的装饰工程遍布各省市，得到业界人士好评，其作品"美佳公司写字楼"获IFI首届国际室内设计大赛优秀奖、2005年"华耐杯"中国室内设计大奖赛优秀奖，并入选2005年（第八期）《中国室内设计年刊》，"女友创意联合体"室内设计获2005年海峡两岸四地室内设计大赛二等奖。

女友创意经营联合体

女友创意经营联合体

女友创意经营联合体

冯烈设计作品 深圳美佳装饰设计工程公司写字楼

冯烈设计作品

冯烈设计作品

焦 山

JIAO SHAN

新华报业大厦

焦山，出生于1953年，国家一级项目经理、高级室内建筑师。毕业于深圳大学建筑系工艺美术专业。现任深圳市美佳装饰工程有限公司董事总经理。中国室内设计学会理事、《中国室内设计年鉴》编委会顾问委员、深圳市建设局专家库成员、深圳市装饰行业协会设计委员会副主任。

　　焦山，自1983年从事室内设计工作以来，先后在北京、上海、天津等大中城市主持过宾馆、酒店、展示厅、写字楼、大型商场、娱乐场所等多项装饰工程的设计与施工。在其设计的作品中，焦山一直坚持现代文化与传统文化巧妙融合的艺术风格。体现出时代的潮流与简洁高雅的艺术风格，表现出娴熟的设计技巧和科学的施工管理水平。并先后在《中国室内设计年鉴》、《中国室内设计与装修》、《广东室内设计年鉴》、《深圳装饰》、《现代装饰》等杂志书籍中发表文章及装饰工程实例。并若干次荣获由中国室内设计学会、中国装饰行业协会颁发的有关奖项。先后被评为中国百名优秀室内建筑师、2005年度中国室内设计十大封面人物、2005年全国建筑装饰行业优秀企业家、全国杰出中青年室内建筑师、2003年优秀一级项目经理等。

焦山设计作品 城市大厦大堂空间

焦山设计作品 新华报业大厦

焦山设计作品 城市大厦

焦山设计作品 城市大厦

LIANG ZHISHU

梁志枢

梁志枢，生于1939年8月。高级建筑师，高级室内建筑师。现为广东绿之洲建筑装饰工程有限公司首席设计师。

人民大会堂黑龙江厅

人民大会堂黑龙江厅

梁志枢长期从事建筑设计工作。1999年以来主要从事室内建筑设计，2003年9月接受北京人民大会堂黑龙江厅的室内装饰设计任务，其设计理念要充分体现黑龙江的建筑艺术深受西方建筑文化影响的特点，以反映黑龙江在建筑文化领域中中西合璧和生态环境的地域特征，因此在设计中多处采用欧式建筑元素和符号，着力突出大会堂的庄严凝重，同时又不失现代装饰气息。该工程已由广东绿之洲建筑装饰工程有限公司施工，并交付使用。该工程被评为北京市2004年度建筑装饰优质工程奖。

HUO WEIGUO

霍维国

霍维国，1937年生于辽宁省盘山县。1959年毕业于西安冶金建筑学院（现西安建筑科技大学）建筑学专业。历任西北建筑工程学院、南华工商学院教师，西北建筑工程学院建筑系主任（兼）、院长。现为教授，国家一级注册建筑师，资深高级室内设计师，享受政府特殊津贴，中国建筑学会室内设计分会副会长。

霍维国2004年荣获"全国有成就资深室内设计师"称号。他长期在高校工作，从事建筑设计和室内设计教育。著有《民用建筑设计》、《工业建筑设计》、《室内设计》、《室内设计原理》、《中国室内设计史》、《室内设计工程图画法》、《轻质隔墙与隔断》等多部高校教材和专著，主编和参编了《现代室内设计与装修丛书》和《美术辞林建筑艺术卷》。发表过《路向何处延伸——室内设计的发展趋势》、《与历史同步——简论新中国的室内设计》、《论室内设计的多样性》、《漫议斜向构图》、《建筑与书法》、《试谈中国西部建筑》等数十篇学术论文。完成过"城固山庄"、中国建行陕西分行临潼宾馆等多项工程的规划与设计。对中国西部建筑有较多研究，曾四次作为主席主持"中国西部建筑学术讨论会"。

蓝 继 晓

新天国际名苑

蓝继晓，分别在广州、深圳、北京、香港等地学习和从事室内设计工作。现为高级建筑设计师、中国室内设计学会会员、我国设计界专家库成员、香港设计学会深圳分会委员、中国室内设计学会深圳培训中心主讲教授、全国百名优秀建筑师、首届深圳十大室内设计师。

　　蓝继晓认为以人为本的实用功能主义家居是成为人们装修的首选。其作品遍布全国各地，其主持设计的"银湖别墅"获2002年亚太区室内设计优秀奖，"马可波罗酒店（四星级）"获全国室内设计大赛一等奖，"富豪城娱乐中心"获全国室内设计大赛二等奖，"金马娱乐中心"获全国室内设计大赛二等奖，"半山海景别墅"获深圳首届室内设计大赛一等奖，"波托菲诺"获深圳第二届室内设计大赛二等奖。"中海华庭复式楼"获深圳首届室内设计大赛三等奖。"秀山花园别墅"获2000年深圳市设计大赛二等奖，"丽阳天下一房一厅"获深圳市第六届设计大赛二等奖，"熙园连排别墅"获深圳市第六届设计大赛三等奖，"熙园连排别墅（两套）"及"银湖国际会议中心别墅"获2004年"安润福杯"第一届海峡两岸室内设计大奖赛优秀奖。"波托菲诺天鹅堡顶楼复式"、"丽阳天下一室一厅"获2004年"安润福杯"第一届海峡两岸室内设计大奖赛三等奖。"红树东方复式"获2004年"安润福杯"第一届海峡两岸室内设计大奖赛二等奖、东莞"2004广东室内设计大奖"银奖、"首届海峡两岸三地室内设计大赛"三等奖 、"第二届海峡两岸三地室内设计大赛"一等奖。

PENG XUWEN
彭旭文

彭旭文，高级室内建筑师、深圳十大室内设计师。毕业于海南大学装潢艺术系，毕业后分别在广州、北京、深圳、香港等地区及新加坡从事室内设计工作，同时在华南理工大学、华南建设学院、哈尔滨工业大学、香港理工大学进修相关专业，曾任哈尔滨理工大学高级讲师，高级建筑师、教授。中国设计界专家库成员、中国室内设计学会深圳分会理事、中国装饰行业协会理事、广东省装饰行业协会理事、深圳市装饰行业协会理事、深圳市室内设计师协会理事。现为名雕集团副总经理、首席设计师，香港理工大学客座教授，广州白云职业技术学院客座教授，名雕培训中心教授。

　　彭旭文能打破常规，敢于创新。求异不求同，同时不离开人的生活需求及精神需求。其作品遍布全国各地。其主持设计的休闲小筑咖啡馆获2000年亚太区室内设计优秀奖，石库门酒楼获首届全国室内设计大赛二等奖、陶金娱乐中心获首届全国室内设计大赛二等奖，皇城大酒店获第二届全国室内设计大赛三等奖，国际会议中心别墅获"欧神诺杯"室内设计大赛二等奖、龟山别墅获深圳首届室内设计大奖一等奖、蔚蓝海岸样板房获深圳第二届室内设计大奖"蔚蓝海岸杯"一等奖、"2004广东室内设计大奖"铜奖、"首届海峡两岸三地室内设计大赛"二等奖、"第二届海峡两岸三地室内设计大赛"一等奖。多年来在全国省、市专业报章发展作品几百套。

阳光带海滨城

林 金 成

阳光带

天鹅堡

阳光带

阳光带

林金成，毕业于华南理工大学环艺系，毕业后分别在香港等地及新加坡、英国等国学习和从事室内设计工作，现为高级建筑设计师，教授。中国设计界专家库成员、中国装饰行业协会理事、广东省装饰行业协会理事、深圳市装饰行业协会理事、中国建筑学会室内设计学会深圳分会理事。现为名雕集团专家库成员，香港理工大学客座教授、名雕培训中心主讲教授。

　　林金成主张在设计中更多地运用设计新元素，注重空间的合理划分及材料的巧妙搭配，讲究营造时尚、舒适的个人空间；现代风格更多的时候用在中小户型的装修中，欧式风格是大户型装修的趋势。其作品荣获亚太区室内设计优秀奖，"史丹利杯"全国室内设计大赛一等奖，"欧神诺杯"全国室内设计大赛二等奖，深圳第一届、第二届室内设计大赛一等奖，"2004 广东室内设计大奖"金奖，"首届海峡两岸三地室内设计大赛"一等奖，"第二届海峡两岸三地室内设计大赛"三等奖等。

ZHANG QIANG

张 强

张强设计作品

张强，1965年出生，1985年毕业于天津工艺美术学校环艺系，1989年毕业于天津工艺美术学院环艺系，1990任年天津市建筑设计院室内建筑师，2003年创立天津锋尚室内外环境设计有限公司任创意总监、总经理，2006年在北京清华大学建筑工程与设计高级研修班学习。现任中国建筑学会室内设计分会常务理事，中国建筑学会室内设计分会第一（天津）专业委员会副主任，天津建筑学会室内设计专业委员会副主任，天津市建筑设计院总承包处设计总监。

张强的主要设计作品有天津滨海水晶宫酒店、天津博物馆、天津滨海城建展馆、天津南开大学省身楼、天津理工学院综合楼、绍兴一建办公楼、天一Mall办公楼与销售中心、天津自来水集团公司办公楼、天士力集团董事长楼、天津水利局投标公司办公楼、天津通达尚城会馆、独立办公时代、和平区老干部活动中心、蓟县体育宾馆、山海天销售中心等。2004年，被全国百名优秀室内建筑师评审组委会评为"全国百名优秀室内建筑师"。2004年，被中国建筑装饰协会评为"杰出中青年室内建筑师"。2000年、2004年、2005年在中国室内设计学会主办的"中国室内设计大赛"中，其作品分别荣获三等奖、二等奖；获2005年第二届海峡两岸四地室内设计大赛优秀奖；天津市首届红勘"名仕达杯"住宅室内设计师邀请赛二、三等奖。

张强设计作品

张强设计作品

张强设计作品

LIU WEI
刘伟

刘伟，1963年出生于湖南省长沙市。1981年毕业于湖南化工专科学院分析化学专业；1989年毕业于湖南师范大学艺术学院美术系，获学士学位；1992年毕业于中南林学院获硕士学位；1996–1998年进修于清华大学美术学院；现为长沙理工大学设计艺术学院讲师、湖南师范大学美术学院客座教授、中国室内设计学会理事，高级室内建筑师，中国室内设计学会湖南地区专业委员会主任。

雷锋纪念馆尾厅

雷锋纪念馆尾厅

刘伟1997–1998年主持北京国际金融大厦公共部分装饰设计，该项目获1999年度中国室内设计大奖赛荣誉奖。1999年主持长沙鸿园小区家居设计，该项目获2000年度中国室内设计大奖赛佳作奖。2000年主持湖南长城宾馆装饰设计、陋园宾馆装饰设计等工程设计，其中湖南大丰和酒店装饰设计，获2001年度中国室内设计佳作奖。2002年主持湖南三鸣酒楼设计，湖南宾馆、湖南省政协办公楼设计，长沙坡子街老火宫殿设计，该项目获2002年度中国室内设计优秀奖。2003年主持雷锋纪念馆装饰设计，该项目获2003年度中国室内设计佳作奖；手绘建筑图获2003年度中国室内设计手绘表现图佳作奖；主持湖南师大艺术设计中心室内外环境设计、湖南株洲惟楚大厨房工程设计、株洲大世界娱乐城装饰设计。2004年主持长沙香格里嘉园家居设计，该项目获全国环境艺术设计大奖赛优秀奖；主持深圳国际花卉博览会长沙园景观设计，该项目获国际花博会优秀方案奖。

刘伟从1999—2005年连续7年在中国室内设计年度大奖赛上获奖，尤其是2004年在国际国内赛事上频频获奖：在中国园林界AA级的赛事——第五界国际花卉艺术博览会上，代表长沙市政府的长沙园获室外造园最高奖；在"林安杯"中国室内设计大奖赛上，设计作品"株洲大世界娱乐城"获娱乐空间类一等奖。设计作品在国家级展览、大赛中入围，获奖作品件数达17件，在室内设计行业及景观园林设

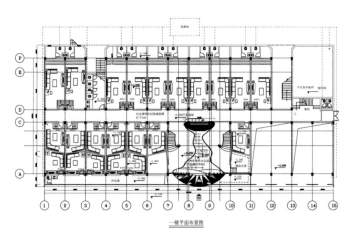

一楼平面布置图

株洲大世界娱乐城平面图

香格里嘉园二楼回廊

计行业成为有影响力的设计师。在担任中国室内设计学会湖南分会主任一职以来，多次组织高规格的设计交流活动，组织了在长沙召开的首次全国高校室内设计专业的教育年会，为湖南室内设计行业的发展做了大量的工作。2004、2005两年湖南分会均被评为先进集体，刘伟被评为先进工作者，并因有突出贡献获评学会十五周年的全国百名优秀设计师荣誉称号。

株洲大世界娱乐城立面夜景

LI XIAOYI

李孝义

董事长办公室　　　　　　　　　　　　　20层电梯间

李孝义,中国建筑学会室内设计学会理事,全国百名优秀室内建筑师,中国室内设计学会专家委员会委员,中国建筑学会室内设计学会二十五专业委员会秘书长,IFI国际室内建筑师/设计师联盟新疆代表处主任,北京艺豪装饰设计工程有限公司新疆分公司总经理。

5层前庭

5 层前庭

21 层前庭

20 层前庭

LI RUILIN

李瑞麟

李瑞麟，1961年生。任李瑞麟设计有限公司、香港集美装饰工程有限公司总设计师，注册高级设计师，高级工程师，注册高级室内建筑师。系西安工程科技学院客座教授，中国建筑学会室内设计分会委员，深圳第三专家委员会专家组专家。

1984年毕业于广州美术学院工业设计专业，留校任教。期间参与创建广州美院集美设计公司及环境艺术设计专业。1989－1996年就读于德国柏林大学艺术学院，获工业设计专业硕士学位。期间受聘于德国拉尔巴赫建筑事务所及S&S室内设计公司。1996年回港后创建李瑞麟设计有限公司，同年创建香港集美装饰工程有限公司。2005年创建集美配饰公司。

李瑞麟遵循原建筑及控制性方案的设计理念，在室内装饰设计中引进工业化、工厂化的概念，在装饰面的分块上采用准确的模数，可在工厂大量加工，现场简易安装。

应用现代的设计语言和手法、实现完善的功能配置、顺畅的流线组织、简练的形体结构、深入的细致刻画，并结合源于生活又高于生活的艺术特点，感染不同的空间。

李瑞麟主要作品有

★ 上海东方艺术中心

由法国著名建筑师保罗·安德鲁主持设计以超前并具国际化的前瞻性眼光，应用现代设计语言与表现手法，精心打造一个集音乐演奏、戏剧表演、艺术交流培训于一体的上海标志性城市文化建筑。利用设计师对建筑装饰材料的理解，结合先进的施工工艺，充分发挥创造力和想象力。空间形态被界定后，不同的选材、不同的材料质感与色彩，反映了不同的形象特征，它是体现精神取向的重要因素。充分应用工业设计理念和高技术制作手段，强调材质的工艺美、结构美，提升现场制作与安装水准，让人们体味现代科技带来的舒适、优美和高效，将工业文明的精确、高效

和高科技时代的智能化、信息化，与贯穿于整体的人性化设计及文化品位相结合，营造高雅而健康的艺术氛围。把流淌的音符艺术与人的亲和、互动，贯穿融入整个空间设计之中，把中国文化元素融会到空间的各个角落，在设计的意念中升华。

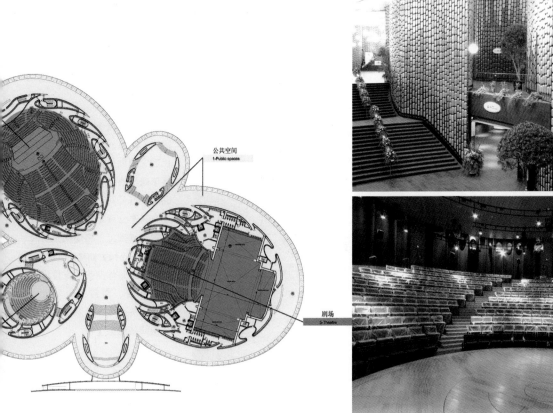

公共空间
1-Public spaces

剧场
5-Theatre

★ 湖南国际会展中心

在设计上努力配合好业主的要求，为电视传媒营造一个具有时代气息，展示自己的平台，从而强调主建筑特殊品质的同时也能体现不同的地域文化，强调和谐的整体艺术效果，创造出富有文化内涵的建筑空间，设计上动、静结合，部分的设置为固定结构，设计上通过声、光、电等高科技手法，伸缩舞台极富梦幻的艺术感。

庄重、大气、现代风格中，满足了业主的地域文脉对国际化的新要求。

★ 深圳顺丰速运总部大厦室内装饰工程

设计之理念定位于简洁、明快、自然，着力营造蕴涵现代理念的办公空间氛围，充分展示顺丰快运"做中国最好的速运网络公司"的企业文化特征。在充分满足功能需求和风水学的基础上，将现代文明的精确、高效和智能化、信息化，与贯穿于整体空间的人性化设计相融合，塑造一个与时俱进、经济适用、自然和谐的办公空间新形象。

★ 深圳电视中心室内装饰设计

在新的世纪里，全力营造一个极具文化品位的电视传媒办公环境，实现人性设计和文化艺术品位的结合，体现现代电视传媒特色，完善的功能需求，畅通主流线简练的形体结构，深入地细致刻画，和谐的色彩搭配，科学的尺度运用，尽可能多设置自然景观，达到人与自然的和谐统一，突出一个电视传媒的"透"。数码信息符号，办公空间皆为开敞式，突出电视传媒世界的某种"太空节奏"和神往未来的空间意境。使用现代工业文明科技带来的新型

材料，让视线从统一的模式中走出来，结合高科技文明的智能、信息、技术等功能要素，通过通信、自控、物理、生物、生态等技术来设计室内设施设备的智能建筑空间，为业主提供一个高效、舒适、安全、便利及系统结构、服务管理为一体的最优化组合的一流办公环境。专业的声学、光学、电学及人体功能学、美学等多学科技术的运用，严格在选材及对环保、防火、耐用、易清洁，防潮、易保养方面为业主着想，更进一步地提升深圳市电视中心的企业形象，让它以一个崭新的面貌走向全国，走向世界。

★ 湖南广电局主楼一层改造工程

以庄重，气派为整体装饰风格，辅以现代、简洁为表现手法贯穿整个设计空间。空间结构与工厂化成品安装的饰面材料结合，诠释出富有后现代室内设计空间感的结构美。功能需

求与科技智能产品的互融。充分体现出现代会议室、接待空间特有的人性化。平面布置的相互依托关系，辅以单纯色调的材料，利用光与影的时间、空间变化追塑不同的视觉感受。以大块分割的处理手法来表现各空间立面关系。独具匠心的接合部位的出色表现，使整个装饰效果简洁而不简单，明快而不缺乏细节。

★ 深圳三九丹枫白露酒店室内装饰工程设计方案

作为酒店的配套场所，该空间性质表现为既要作为酒店空间的延伸，也要有独立的表现部分。用高雅的中西方文化作为设计风格的依托，结合经营者的管理模式，用中餐西吃，中西方文化的相互融合做背景，营造出现代装饰手法，表达文化内涵。

LV JINXIONG

吕 劲 雄

T6 火锅店

吕劲雄，出生于1968
年。中央工艺美术学院
本科毕业获学士学位。
中国室内设计学会第
三委员会常务委员，广
东省美术家协会会员，
深圳市九居装饰公司
总经理。

T6 火锅店

吕劲雄的作品1999年获"第九
届全国美术作品展艺术设计展"铜
奖、"第九届全国美术作品展艺术
设计展"入选、"新西兰羊毛局中
国室内设计大奖赛"优秀奖。2000
年获"中国室内设计大奖赛"优秀
奖、2001年作品两项入选"中国室
内设计大奖赛"、获"吉象E匠奖"。
2004年获"鹰牌杯"全国商用空间
设计大奖赛室内外陶瓷新产品应用
设计奖，吕劲雄同年入选为"全国
百名优秀室内建筑师"。

LU MING
卢 铭

卢铭，1971年3月生，上海轻工业高等专科学校室内设计专业毕业。中国建筑学会室内设计学会会员，上海市装饰装修行业协会设计专业委员会会员，华东建筑设计研究院室内设计所室内设计师，华东建筑设计研究院华董建筑装饰工程有限公司设计部副经理、建筑师，上海现代建筑设计集团上海现代建筑装饰环境设计研究院有限公司副主任工程师、项目经理、主创设计师。

设计技术理念(风格)：室内设计是建筑设计的延续。建筑，室内，环境三者之间相互联系，相互依存。设计要反映先进技术的发展趋势；设计要反映建筑的文化内涵；设计要以人为本，体现人性化设计理念。

在十余年的专业经历中，创作了大量的各种不同类型的公共建筑装饰设计，其中尤以金融机构装饰设计业绩最为突出。其代表作品：华夏银行大厦、交银金融大厦、中国银行绍兴市分行、上海水务大厦、华虹科技园办公大楼、北京京西宾馆、青松城大酒店、浦东陆洲休闲中心、浦东国际机场航站楼、成都双流国际机场新航站楼、"东方绿舟"上海青少年校外活动基地、苏州规划展示馆太仓馆等。其中青松城大酒店室内设计作为主要设计人获新西兰羊毛局主办的室内设计大奖赛大奖。成都双流国际机场新航站楼室内设计作为设计人获中国建筑学会室内设计分会举办的"史丹利杯"中国室内设计大奖赛

华虹科技园办公大楼发光天棚

二层回廊

佳作奖。华夏银行大厦获中国建筑学会室内设计分会举办的"华耐杯"中国室内设计大奖赛暨IFI国际室内建筑师／设计师联盟首届室内设计大奖赛三等奖及入围奖、优秀奖、特别杰出奖等多项殊荣。被授予"全国杰出的中青年室内建筑师"、"全国百名优秀室内建筑师"、"IAID最具影响力中青年设计师"等荣誉称号。

　　2003年作为专家和演讲人参加了2003年在北京举行的出建设部，中国建筑装饰协会主办的"全国建筑装饰行业科技大会"设计论坛上作题为"金融建筑装饰设计"的演讲。其论文《银行建筑设计思考》入选《中国建筑装饰装修》2003年第6期"青年室内建筑师专辑"，《金融建筑装饰设计》入选《2003全国建筑装饰行业科技大会论文集》。

休息厅

大堂

卢铭设计作品

卢铭设计作品

LIN SIHONG

林嗣宏

林嗣宏，高级室内建筑师。浙江宏宇装潢设计有限公司设计总监。中国建筑学会室内设计分会理事，中国建筑学会室内设计分会宁波第十七专业委员会委员。全国百名优秀室内建筑师。

宁波天一广场新石浦饭店中庭

宁波天一广场新石浦饭店散客区

宁波天一广场新石浦饭店走廊

宁波天一广场新石浦饭店屋顶休闲餐厅

宁波天一广场新石浦饭店餐厅包房

宁波天一广场新石浦饭店餐厅包房

宁波天一广场新石浦饭店走廊

宁波天一广场新石浦饭店外立面

145

SHANG JINKAI

尚 金 凯

尚金凯，1962年出生于天津，1989年毕业于天津美术学院工业设计专业。现任天津城市建设学院艺术系主任，副教授，高级室内建筑师，中国建筑学会室内设计分会理事，天津工业设计协会常务理事，天津美术家协会水彩画专业委员会委员，天津建筑学会会员。

尚金凯设计作品

尚金凯主要从事艺术设计范畴的教学、理论研究及设计实践。创建天津城市建设学院艺术设计、工业设计、景观建筑专业，筹建艺术系，并确立了城市艺术学科发展方向，主持多项立项科研课题研究等。作品以室内设计为主，并涉足景观、建筑、产品、平面设计与雕塑、绘画等方面。主要代表作品有天津城市建设学院新校区、天津现代艺术学院二期改建工程、天津国际机场改造部分项目、天津环渤海发展中心以及大量的住宅室内设计等。

他的主要理论成果有《关于室内设计教学的思考》、《环境设计中的人体工程学》、《探讨建筑审美意识问题》、《西文建筑思潮对东方发展中国家城市更新的影响》、《中西共存、多元交融——论天津的城市形象和景观建设》等论文。出版了《住宅室内装修选例》等专业书籍。

尚金凯设计作品

WANG XIANGSU

王湘苏

衡阳佳源酒楼大厅

王湘苏，毕业于天津工艺美院环艺系，高级室内建筑师。中国建筑学会室内设计分会理事，中国建筑学会室内设计分会专家委员会委员，中国室内设计学会湖南专业委员会秘书长，湖南省设计艺术家协会理事，长沙设计师专业委员会主任，长沙艺筑装饰设计工程有限公司董事长、设计总监，全国百名优秀室内建筑师，中国室内十大金牌设计师，湖南十佳室内建筑师，全国住宅装饰装修行业优秀设计师。

王湘苏2000年至2005年连续五届获湖南室内设计大赛金奖，2001年获全国首届居室装饰设计大奖赛"欧典杯"银奖，2002年获全国居室装饰实例大赛第二届"欧典杯"金奖，2003年度荣获中国室内设计大赛"华耐杯"铜奖，2003年度荣获香港第十一届亚太区室内设计大赛"餐饮、酒吧类"优秀奖，2004年获中国室内设计大赛"华耐杯"优秀奖，2005年获中国室内设计大赛"华耐杯"佳作奖。

他是《新居室》杂志的特约撰稿人。著有《现代装饰大参考》（湖南美术出版社出版），编辑《室内建筑施工图典》（湖南科技出版社出版），主编《艺筑样板间》（福建科技出版社出版）。作品2001年发表在《中国住宅室内设计大赛精

福乐名园大厅——休闲台

品集》，2002 年发表在《中国室内设计大奖赛优秀作品集》公共建筑篇、住宅建筑篇，2003 年发表在《中国室内设计大奖赛优秀作品集》公共建筑篇、住宅建筑篇，2003 年发表在《中国室内》杂志第三期，2003 年发表在《亚太室内设计大奖作品选》，2004 年发表在《中国建筑装饰装修》第八期，2005 年发表在《现代家居新范例》（湖南科技出版社出版）。

福乐名园大厅

福乐名园走廊

福乐名园卧室

衡阳佳源酒楼大厅一隅

福乐名园楼梯

魏 雪 松

WEI XUESONG

东莞人民大会堂入口大堂

深圳市文化中心图书馆

魏雪松从事室内设计多年来主持了国内众多知名项目设计，作品在国际及国内重大设计竞赛中屡次获奖。其中，"广西东盟博览会接待酒店"（五星级）获中国饭店协会2005年中国最佳酒店设计作品奖，"杭州五洲大酒店"（五星级）获1997年国家旅游局金奖，"浙江萧山歌剧院"获2000年深圳市装饰设计作品展一等奖、全国第三届室内设计大奖赛银奖，"北京希尔顿大酒店"（五星级）获"深圳市装饰设计作品展"公共建筑室内装饰类二等奖。设计作品及论文多次在国内专业书刊上发表。出版作品有《当代建筑与室内设计师精品系列－魏雪松室内设计》个人专辑。

魏雪松，高级室内建筑师，中国建筑学会室内设计学会会员，ADA香港室内设计学会中国（深圳）代表委员，深圳市室内设计师协会常务理事，"深圳市装饰行业专家库"专家成员，2005年"深圳市十大室内设计师"，现任深圳市洪涛装饰工程有限公司设计院副院长。荣获"IAID最具影响力中青年设计师"、中国建筑装饰协会"杰出中青年室内建筑师"、中国建筑学会室内设计分会"全国百名优秀室内建筑师"及深圳市装饰行业"优秀设计师"等荣誉称号。

SONG YANYAN

宋燕燕

唐代艺术博物馆

宋燕燕，女，出生于1956年，中共党员，高级工艺美术师，高级室内建筑师，画家。1976年毕业于西安美术学院绘画系。1982年1月毕业于北京中央工艺美术学院（现为清华大学美术学院）室内设计系。1989年4月留学日本京都市艺术大学研究生院环境设计专业。曾兼唐代艺术博物馆支部书记，1992年4月被聘为文博陈列主任设计师。1987年至1997年任唐代艺术博物馆馆长、总体设计师。1998年至今在曲江管委会大雁塔风景区管理处任高级工艺美术师。2004年12月获全国有成就的资深室内设计师称号。2005年3月获陕西省优秀室内建筑师称号。2000年至今在西安美术学院兼职任教。

宋燕燕1977年在中央工艺美术学院就学期间的工业造型设计，家俱设计，图案设计等作品在专业书刊发表，同时参加了北京"幽谷饭店"、"民族饭店"室内设计，1981年毕业设计"服装展览"赴爱尔兰展出。1985年开始筹建西安市唐代艺术博物馆，任陈列总体设计师。进行了唐京长安、国风民俗、诗书交辉、雕工画意、艺林说萃、长安艺坊等6个厅的总体陈列设计。1988年完成后备受赞誉。

1988年11月她完成西安市文物珍宝展的总体设计（已实施）；1990年4月留学期间，设计科学博物馆（日本京都市立美术馆展出）；1992年8月24幅装饰画赴新加坡参展；1992年11月完成中日友好交流展的总体设计（已实施）；1993年5月完成西安市芷文物精品展的总体设计（已实施）；1993年8月完成西安市古币展的总体设计（已实施）；1994年5月完成西安市文物珍宝展的总体设计（已实施）。1995年9月完成珍贵文物开光展的总体设计（已实施）。

宋燕燕数年以来多次从事宾馆、饭店、娱乐场所、家装、展览会等各方面室内设计。参加了唐华宾馆家俱设计、"人民剧院"、"山西临汾交通大厦"室内设计。

她发表了《唐博陈列大纲》、《唐博设计》（论文），《唐博简介》（论文）并译为日语、《唐代艺术》、《唐博的陈列设计》（论文、日本京都国际交流会学术报告），《西安市唐代博物馆及其设计思想》、《文博》（论文），《唐文化与日本文化的关系》（中、日文，在日本京都国际交流会做学术报告）。

宋燕燕从1980年大学就学期间起，一直长期从事现代室内装饰绘画创作，多年来，深入青岛、苏州、泰山、陕北、富春江等地进行了大量写生。在写生的基础上进行了现代室内装饰画创作。部分作品在《装饰》、《女友》、《西安广播电视报》等刊物上发表。部分作品被新加坡、日本、泰国等国内外专家收藏。

邓雪映

邓雪映设计作品

邓雪映设计负责项目有2003年北大资源二期办公楼室内设计，2003年赤峰市市级行政机关综合办公楼，2004年山东省乳山市第一中学，2004年山东省乳山市金帝商都，2004年与美国帕金斯.威尔设计公司合作清华大学美术学院教学楼，2005年北大附小多功能礼堂，2005年中国驻悉尼老领馆改造，2005年北大临湖轩改造，增光佳苑房地产开发项目，2004-2007年北大中关园一期及二期，2005年北京人民广播电台业务楼酒店部分，2003年山东乳山市新华书店，2004年俏江南分店。

邓雪映作为工种负责人负责的项目有2001年天津泰达孵化大厦，2001年中国社会科学院学术报告厅，2002年北师大交流中心，2003年大兴文图馆，2004-2005年雅昌彩印。作为设计参与人进行的项目有，2002年中国驻约旦大使

邓雪映设计作品

馆，富凯大厦。

邓雪映发表的论文《室内设计行业的绿色生态前景》发表在中国建筑学会室内设计学会《年会论文集》（独著）；2001年《关于建筑室内绿色照明的概念性讨论》发表在中国建筑学会室内设计学会《年会论文集》（合著）；2005年《SPA—涉入水疗文化》发表在中国建筑学会室内设计学会《年会论文集》（合著）。北大资源二期主楼（太平洋大厦二期）、北大法学院、北大临湖轩2004年获中国"华耐杯"室内设计大赛入围奖。作品"雅昌彩印天竺厂房"获2005年度"华耐杯"全国室内设计大赛设计奖。

HE ZELIAN

何 泽 联

何泽联，高级环境艺术设计师，高级室内建筑师，一级项目经理。1980年毕业到广州市美术公司工作至今，曾任设计室主任、设计总监、设计部经理；1986年被推荐为广州环境装饰设计协会理事，1999年被聘为广州建筑装饰工程专家委员会委员，2003年、2004年连续两年被评为全国建筑装饰工程优秀一级项目经理，同年被中国建筑装饰协会评选为百强"全国杰出中青年室内建筑师"；2005年获"IAID最具影响力中青年设计师"、"IAID最具影响力商业建筑装饰设计机构"荣誉称号。

何泽联从事室内外装修设计工作26年，在购物广场设计方面尤为擅长，是商场设计的专家。多年来主要承接了：广州友谊商店及其上下九分店、水荫路分店、时代广场分店；天津国际商场；广州百货大厦及其从化分店、湛江分店、花都分店等9家分店；深圳海雅百货及其宝安分店、东莞分店、东门旗舰店；深圳友谊城及其东门分店、南山分店；东莞时尚电器城及其虎门本店、莞城旗舰店、厚街分店、第一国际分店；湛江国贸大厦A座、B座；湛江城市广场；湛江世贸大厦；湛江鑫海名城；济南鲁能百货；青岛阳光百货；广州摩登百货；茂名明湖商场；珠海国贸海天城购物中心；深圳新世界百货；广州新光百货；百信广场；季后风名牌折扣店；东莞地王广场；丽特青春主题百货；肇庆广百时代广场；顺德天佑城购物饮食娱乐广场、第一街鞋业主题商场等，一共五十多家商场、大型百货公司和超大型购物中心的设计。

何泽联设计作品　丽特青春百货

设计说明

　　丽特百货公司，2005年9月开业，位于广州市天河区繁华路段的天河娱乐广场内，面积约两万平方米；它是广州的新潮地，以"青春百货"为主题，集中知名专卖店、品牌形象店，致力打造特色鲜明和风格迥异的百货新贵。独树一帜的青春面貌，针对年轻一族、白领和中产家庭，突出　"动感、个性、时尚"　等特点；前卫的设计，鲜明的色彩，宽敞的空间，琳琅满目的商品，定让城中潮男型女心动不已。

ZHAO XINGBIN

赵兴斌

赵兴斌，出生于1940
年。国家一级注册建筑
师，教授级高级建筑
师，中国资深室内建筑
师。1965年毕业于中央
工艺美术学院建筑装饰
系。同年分配到黑龙江
省建筑设计研究院工作
至今任院副总建筑师，
黑龙江省建设厅科技委
建筑装饰专业主任，黑
龙江省建筑装饰协会常
务副会长，中国建筑学
会室内分会副会长，中
国建筑装饰协会常务理
事，中国美术家协会龙
江分会会员。

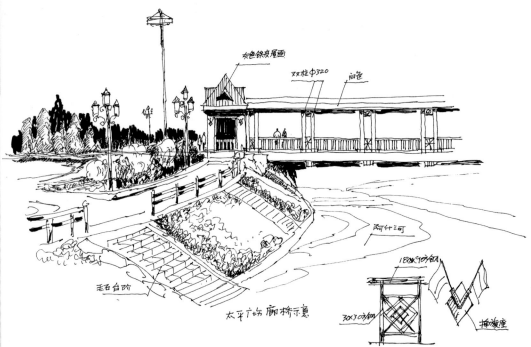

哈尔滨太平广场廊桥方案

赵兴斌教授从事室内、建筑及城市环境设计四十余年。主要作品有省政府办公楼设计（1983年东三省优秀人防工程），银河宾馆室内设计（1987年鲁班奖工程），人民大会堂黑龙江议事厅室内设计（获1996年新西兰羊毛局室内设计优秀奖），镜泊湖元首楼室内设计（1990年黑龙江省金屋奖），哈尔滨中央大街，圣·索菲亚教堂广场，江畔公园，太平广场等重点工程环境设计。著有《现代建筑画与技法》获"北方10省市科技图书一等奖"。多幅美术作品在国际国内展出，出版。策划绘制多幅美术作品在人民大会堂、外交部新楼及多家宾馆收藏。

圣索菲亚教堂维修方案

人民大会堂黑龙江议事厅

人民大会堂龙江议事厅

YU PING
余 平

余平,西安电子科技大学副教授、高级室内建筑师,西安大彩设计工程有限责任公司创意总监,中国建筑学会室内设计分会理事,中国建筑学会室内设计分会第五专业委员会副主任,陕西省高级职称评审委员,全国杰出中青年室内建筑师,全国百名优秀室内建筑师。

余平设计作品

　　余平的主要设计方向为砖瓦文化与室内设计。作品1998年中国室内设计大奖赛获二等奖,1999年全国第二届室内设计大赛获金奖。2000年中国室内设计大奖赛获荣誉奖。2001年首届中央电视台"家居"全国设计大赛获十佳优胜奖。2005年中国西北室内设计大奖赛获一等奖。著有《中小空间室内设计创意》及《抚摸七座古镇》。

余平设计作品

WU KUN

吴 昆

望仙坡小区－餐厅

吴昆，1975年出生于广西南宁市。1997年毕业于广西艺术学院，学士学位。1998年进修于中央工艺美术学院（现清华大学美术学院）环境艺术设计系。广西建筑科学研究设计院环境艺术专业设计院副院长；中国建筑学会室内设计分会全国理事会理事；中国建筑学会室内设计分会第21专业委员会（广西）副主任兼秘书长；《市民·家居》专刊、《广西室内设计网》总策划；南宁职业技术学院专家组成员及外聘教师。

　　吴昆先后荣获"全国杰出中青年室内建筑师"、"全国百名优秀室内建筑师"以及"全国十佳饭店设计师"奖，独立主持过多项大中型装饰设计工程项目。室内设计主要作品有：广西南宁泰安大厦、南宁百货大楼鞋帽商场、河北邯郸好世界大酒店、广西柳州五菱大厦、南宁天上人间娱乐城、广西北海国发大厦以及多项高层次的住宅装饰设计项目。2005年作品有：广西突发公共卫生事件指挥中心、侏罗纪酒城、九曲嘉和城样板房温泉洗浴中心、邕江湾别墅园销售大厅商务会所样板房设计、南宁1922邕宁电报局改造等。

　　他曾有多项作品在《中国室内设计大奖赛优秀作品选》、《中国建筑装饰装修》、《中国室内设计年刊》、《室内设计与装修》等刊物上发表。多次荣获国家及省、市级装饰设计奖，其中《广西贵港市邮政枢纽大厦》、《柏雅家艺商场》先后荣获全国室内设计大奖赛佳作奖。《南宁琅东金碧苑韦宅》、《桂林紫金苑廖宅》荣获全国建筑装饰装修工程奖。

望仙坡小区－客厅

望仙坡小区－儿童房

WU ZONGMIN

吴宗敏

● 广州艺术博物院马思聪音乐艺术馆

吴宗敏

广东省集美设计工程公司总设计
师、高级环境艺术设计师

广州大学艺术设计学院室内与环
境设计系主任、副教授

中国建筑学会室内设计分会理
事、广州专业委员会副会长

国际室内装饰设计协会（IFDA）
中国华南区秘书长
广东省室内设计师会副秘书长

国际（IFI）室内设计师联盟会员

广州十大最具影响力室内设计师

获得"全国杰出中青年室内建筑
师"称号

著作：
《温馨都市家居局部小摆设》
《时尚家居巧设计两房两厅》
编写国家级高等教育《室内设
计》教材
《城市公共环境设计橱窗、门面
及街景》
《酒店空间》
《设计就是策划》
《室内设计》

● 广西·南宁港澳码头风味餐厅

　　"港澳码头"主题餐厅运用了崭新的装饰手法，一方面突出"粗材精造"的原则，大大降低了投资成本；另一方面运用多样性的装饰语言，以"海洋"、"码头"文化元素的装饰手法来表现设计主题。如：餐厅入口楼梯间采用抽象艺术形式的大型墙体装饰马赛克拼图壁画《大海印象》，让人有进入"海洋世界"的感觉；拟海涛拍打着码头的三楼走廊天花造型以及船舱味十足的二楼情侣卡座等；将码头意象表达得淋漓尽致；以变形的紫荆花造型和荷花变化图案设计的包房中心吊灯；取意"满载而归"的船型收银台……彰显码头文化的内涵和装饰韵味。充分体现主题餐厅空间艺术表现手法与设计特色，力求创造一个"新颖、新悦、个性"的餐馆文化艺术空间。

● 广州六合家宴

● 麦点健康面食概念店

传统与创新，是设计界长期研究和实践的一个永恒的课题。"传统"是文化主题的依据、是源泉；"创新"是民族思维的发展，是关键、是生命。

"麦点"设计定位为中式健康面食概念店，在形象上力求接近国际品牌，在空间设计上彰显现代东方时尚风格，整体以"中国红"为主调。红与黑的配搭，红色使人兴奋，促进食欲；黑色在空间中更显沉着稳重，达到平衡视觉的目的；大门入口用中式园林的圆型拱门为元素，以中国传统喜庆的红色为主调，突出了东方时尚的设计个性，使品牌形象更加鲜明突出；建筑外装门面的门

面招牌设计，以横型的大麦穗的造型，大面积采用红、黑颜色配搭，黑色部分的材料是选用深沉的镜面反射效果的黑色喷漆玻璃，提升了门面的热闹气氛，镜面可将周边的景物反射在门头上，动静结合，开阔了视野；门头中间安装"麦点"的标志作招牌，使内容和形式合二为一，加强了门面的上升感，精致的店牌标志，夜间字体透光，显得温和、时尚、醒目。

"麦点"的室内设计从概念上承传了中国传统的装饰语言，并用抽象手法发掘了富有节奏变化的现代时尚气氛的空间概念，演绎出"时尚、东方、概念"的设计主题，让传统的题材更有生命力。

WANG ZHONGSHI

王中石

佛山石景宜艺术馆展厅

王中石，副教授、高级室内设计师，中国建筑学会室内设计分会会员，专家委员会委员等。1987年毕业于广州美术学院设计分院工业设计专业，随后留校任教至今，并兼任校产企业广东省集美设计工程公司副总经理。

王中石在室内设计及环境设计专业方面，主要开展建筑文化空间的设计与研究，致力于探索中国文化国际化、中国传统文化再发展等问题；将本土文化与地域环境、人文与生态等因素作为可持续的设计研究方向。将设计观念融入到实践操纵的设计项目中；在广州美术学院设计分院开设"建筑文化空间"、"6×6空间"专题设计教学，旨在突破理论与实践之间的界限。

1994年至1997年10月设计建成了第一座按国际标准设计建造的现代化美术馆，该项设计入选第九届全国美展·艺术设计展，荣获"设计银奖"，获2001年首届"全国建筑工程装饰奖"，代表中国参加亚洲室内设计联合会设计交流活动；1996年至1998年6月设计建成第一座按国际标准设计建造的音乐厅及具有广东地域文化氛围的文化广场环境，有机地联系起音乐厅、美术馆和华侨博物馆三者的关系，获 2001 年首届"全国建筑工程装饰奖"，代表中国参加亚洲室内设计联合会设计交流活动；1997 年至 1998 年 5 月设计建成了代表佛山地域文化特征的现代艺术馆，入选韩国《INTERIORS》杂志。

他一直在做把文化推向社会、探讨文化延续的努力。1998年创立"笔组艺廊"及设计顾问有限公司，以民间操作方式让艺术更贴近生活，尝试从艺术策展人方式推动青年新锐艺术家的成长。曾发表论文《纯美的文化空间》获"国际优秀论文"奖，《本土文化的空间》、《"我"的文化空间》、《文化·非文化建筑空间》，《中国建筑装饰》杂志刊载。设计作品连载于 1999年的《建筑技术及设计》杂志，并接受"人物专访"。韩国《INTERIORS》室内设计杂志，2002 年亚洲各国的设计师推荐中，被评为中国区三位设计师之一。入选 2003 年 6 月《中国建筑装饰》杂志"青年室内建筑师专辑"。其作品入选《中国室内设计师年鉴I》、《中国室内设计年刊》、《2002 亚洲室内设计联合会作品集》。2004 年 12 月荣获（1989—2004）"全国百名优秀室内建筑师"荣誉称号。2005 年获"中国（深圳）室内设计艺术周"组委会授予的"中国室内设计 20 年"设计功勋奖。

广东书法院

广东美术馆展厅

星海音乐厅·交响乐厅

CAO HAITAO

曹海涛

曹海涛，1985年－1988年在华南业余文艺大学进修室内设计专业，大专学历；2005年8月清华大学建筑工程与设计高级研修班毕业。现任广州第三装修有限公司的总设计师。系中国建筑学会室内设计分会广州区专业委员会秘书长，高级室内建筑师，广州装饰协会设计专业委员会副主任。

曹海涛代表作品有广州经济技术开发区入口大型雕塑"扬帆"，广州越秀宾馆多功能宴会厅，广州市海珠区大型俱乐部天鹅会所，广东顺德碧桂园国际俱乐部会所，东山广场新大新百货商场，名都夜总会，广州南海市沙头镇酒店，广州市税务局第二稽查分局大楼，广东省电信规划设计院办公楼装饰工程，广州市颐和山庄别墅E3-3，长春市长白山宾馆，松原市维多利亚大酒店，江苏宜兴信益大酒店，广州市华厦大酒店，民航中南地区管理局办公大楼。

2000年他主持设计的广州市税务局第三稽查分局大楼装饰工程获广州市建筑装饰协会授予的"广州市装饰优质工程奖"。2002年参与设计的广东省电信规划设计院办公楼装饰工程获中国建筑装饰协会授予的"全国建筑工程装饰奖"，2002年主持设计的广州市颐和山庄E3-3型别墅室内装修获中国建筑装饰协会授予的"全国建筑工程装饰奖"。2004年被中国建筑装饰协会与中国饭店协会评为"中国最佳饭店室内设计师"。2004年被中国建筑装饰协会评为"全国杰出中青年室内设计师"。2004年广州十大最具影响力的室内设计师。主持设计的广州华厦大酒店室内设计工程荣获中国建筑装饰协会、中国饭店协会联合颁发的"2005年中国最佳饭店改扩建作品"奖。

华 厦 大 酒 店

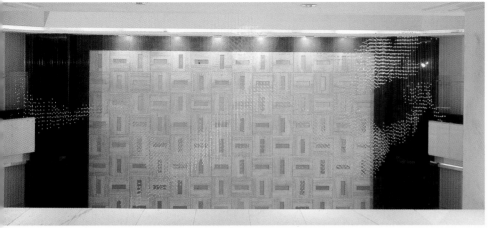

LIN XUEMING
林学明

林学明，中国资深室内设计师，中国资深高级室内建筑师，广州美术学院设计院客座教授，中国室内装饰协会室内设计委员会副主任，中国建筑学会室内设计分会理事，中国建筑学会室内设计分会广东省专业委员会主任，广东省装饰协会会长，广东省土木建筑学会环境艺术委员会委员，美国IIDA国际室内设计师协会会员。广州集美组室内设计工程有限公司总经理，第九届全国美术作品展评委，第四届全国室内设计大展评委，中国首届环境艺术大展评委。

东莞御景湾酒店

林学明在2004年12月被评定为"全国有成就资深室内建筑师"、IFDA国际室内装饰设计协会会员。

集美组项目所获奖项：

东莞御景湾酒店：2002全国第四届室内设计大展金奖（《2002中国室内设计年刊》入选）。2004"为中国而设计"首届全国环境艺术设计大展银奖／2004第十届全国美术作品展览银奖。

CHEN XIANGJING

陈 向 京

良渚国际度假酒店

陈向京，中国资深室内设计师，中国资深高级室内建筑师，广州美术学院设计学院客座教授，IFDA国际室内装饰设计协会会员，IFDA国际室内装饰协会华南区常务秘书长，美国IIDA国际室内设计师协会会员，中国建筑学会室内设计分会广州委员会委员，广州集美组室内设计工程有限公司总设计师。2004年12月被评定为"全国有成就资深室内建筑师"。

集美组项目所获奖项：

宁波南苑饭店：1999第九届全国美术作品展览铜奖／2002全国第四届室内设计大展金奖；长沙神农大酒店：1999第九届全国美术作品展览铜奖／2002全国第四届室内设计大展金奖；东莞银城酒店：1999第九届全国美术作品展览金奖／2002全国第四届室内设计大展金奖。

ZHANG NING

张 宁

张宁，广州集美组室内
设计工程有限公司副
总设计师，中国高级室
内设计师，中国室内建
筑师，中国建筑学会室
内设计分会广州委员
会委员，2004 年 12 月
被评定为"全国百名优
秀室内建筑师"，IFDA
国际室内装饰设计协
会会员。

杭州阿曼尼

集美组项目所获奖项：
浙江世界贸易中心大饭店：1999 第九届
全国美术作品展览优秀奖／2002 全国第四届
室内设计大展金奖；新中国大厦金银岛入选
1999 第九届全国美术作品展览。

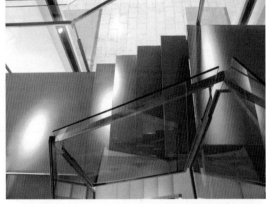

ZENG ZHIJUN

曾芷君

曾芷君，广州集美组室内工程有限公司总设计师，中国高级室内设计师，中国高级室内建筑师，中国建筑学会室内设计分会广州委员会委员，广州美术学院讲师，2004年12月被评定为"全国百名优秀室内建筑师"，IFDA国际室内装饰设计协会会员。

广州长隆酒店

集美组项目所获奖项：

广州番禺长隆酒店：2002全国第四届室内设计大展特别荣誉奖／2002全国第四届室内设计大展金奖；《2002中国室内设计年刊》入选／2004"为中国而设计"首届全国环境艺术设计大展金奖，2004第十届全国美术作品展览银奖。

CAI WENQI

蔡文齐

蔡文齐，中国高级室内设计师，中国高级室内建筑师，中国建筑学会室内设计分会广州委员会委员，广州集美组室内设计工程有限公司副总设计师，2004年12月被评为"全国百名优秀室内建筑师"。IFDA国际室内装饰设计协会会员。

北湖九号

集美组项目所获奖项：

南海内衣城：2002年全国第四届室内设计大展金奖／《2002年中国室内设计年刊》入选；东莞峰景高尔夫会所及酒店：2004年中国第五届设计双年展金奖。

LIANG JIANGUO

梁 建 国

梁建国，北京集美组装饰工程有限公司总经理，广州集美组室内设计工程有限公司副总设计师，中国高级室内设计师，中国高级室内建筑师，中国建筑学会室内设计分会广州委员会委员，2004年12月被评为"全国百名优秀室内建筑师"，IFDA国际室内装饰设计协会会员。

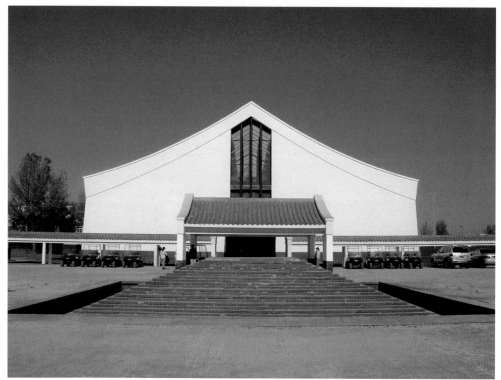

北湖九号

集美组项目所获奖项：

新疆银都酒店：《2003年中国室内设计年刊》入选／2004年"为中国而设计"首届全国环境艺术设计大展铜奖；2004年第十届全国美术作品展览入选／2004年中国第五届室内设计双年展优秀奖。

ZHANG JIAN

张 健

张健，1993年毕业于西安美术学院环境艺术设计专业获学士学位。同年进入广东集美设计工程公司任设计师、项目经理。现任广东集美设计工程公司Y组高级设计师、广东景园设计工程有限公司总经理，中国建筑学会室内设计分会会员。

广州新白云机场南航基地办公区效果图

广州新白云机场南航基地机务区效果图

　　张健在12年的设计生涯中，在室内设计、景观设计方向具有较深入的探索与研究并取得较好的工作成绩，逐渐形成了具有特色的个人设计风格。所涉及的设计类型包括酒店类室内设计、办公类室内设计、住宅类室内设计以及社区类景观设计、公园类景观设计、城市类景观设计、专题类景观设计等设计类别。他不但具有较强的设计实践经验而且注重设计理论的学习与交流，参加了多次学术交流活动，并于2004年考入广州美术学院设计分院攻读景观设计方向硕士学位。在《建筑设计与技术》、《中国景观设计经典》、《手绘效果图》、《广东家具》等刊物发表多篇论文及作品，得到社会及业界的一致好评。并于2004年获得中国室内设计学会"1993年－2004年全国百名优秀室内建筑师"荣誉称号及国际房地产学会、亚洲房地产学会、国际规划建筑设计联盟、中国生态学会理论与发展专业委员会举办的2004年第四届中国

西安天河玉浪水疗馆

优秀设计师年度推介活动"中国具有潜力设计师"荣誉称号。作品东莞绿色世界景观改造设计、合肥金色池塘园林景观设计2项作品荣获"设计中国城市之未来"2004年中国国际景观设计作品大赛专业组铜奖。

他的主要作品有南海东方数码城室内设计，广州新白云机场南航基地景观规划设计，东莞绿色世界景观规划设计，肇庆时代广场室内设计。作品"东莞绿色世界景观规划设计"荣获"设计中国城市之未来"2004年中国国际景观设计作品大赛专业组铜奖。发表了论文《中国座上生活研究》(广东2005年第3期《广东家具》)，《中信东泰花园环境规划设计》(2001年4月《建筑设计与技术》)。作品"广州保税区景观规划设计"、"肇庆月圆花园三期园林景观设计"、"东泰花园园林景观设计"、"广州新白云机场南航基地景观规划设计"发表于2004年11月《中国景观设计经典2》；作品《手绘效果图》发表于2003年12月《手绘效果图景观篇》；作品《手绘效果图》发表于2004年1月《手绘效果图景观篇2》。

CHEN AIMING

陈 爱 明

陈爱明，高级室内建筑师，全国百名优秀室内建筑师。毕业于清华大学首届建筑工程与设计高级研修班。现任中国建筑学会室内设计分会理事、中国建筑学会室内设计分会第十七（宁波）专业委员会副主任、浙江省建筑装饰行业协会设计委常务理事、宁波市建筑装饰行业协会副理事长、宁波南天装饰设计工程有限公司总经理兼总设计师。

鱼米之乡大酒店

走廊

外立面

包厢

　　陈爱明自1993年起从事室内外装饰设计及施工监理，认为人性化、情感化的空间氛围是室内设计的至高境界。设计作品先后涉足宾馆、专业性主题酒店、大型娱乐空间、休闲会所、综合性办公楼、高级别墅、住宅等，多次参加全国性及地区性设计大赛，屡获荣誉。荣获2005年度中国室内设计大奖赛优秀奖（商业工程类），2004年度中国室内设计大奖赛佳作奖（酒店工程类），2003年度中国室内设计大奖赛优秀奖（酒店工程类），2002年度全国第四届室内设计大赛铜奖（住宅工程类），2002年度全国第四届室内设计大赛优秀奖（办公工程类），2002年度全国第四届室内设计大赛优秀奖（住宅工程类），2002年度中国室内设计大奖赛佳作奖（住宅工程类），2005年度宁波市"东鹏杯"室内设计大奖赛金奖，2005年度宁波市"现代金报"室内设计大奖赛金奖，2004年度宁波市"正野稻田杯"室内设计大奖赛金奖，2002年度

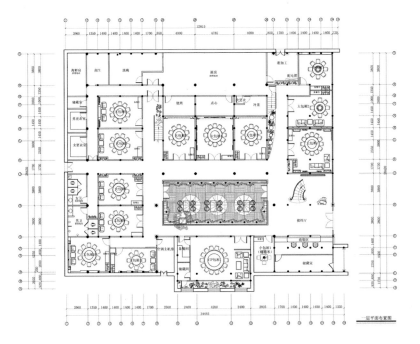
一层平面布置图

大堂

大堂

宁波市"新光杯"室内设计大奖赛金奖，2001年度宁波市"佳德杯"室内设计大奖赛金奖，2001年度宁波市"亚细亚杯"室内设计大奖赛金奖，2000年度宁波市"佳德杯"室内设计大奖赛金奖。他连续7届荣获宁波市室内设计大赛金奖，多项作品刊登于全国性室内设计学术刊物上，先后被行业协会授予"浙江省优秀中青年室内建筑师"、"全国百名优秀室内建筑师"等荣誉称号。

大堂

CHENG YANG

程 阳

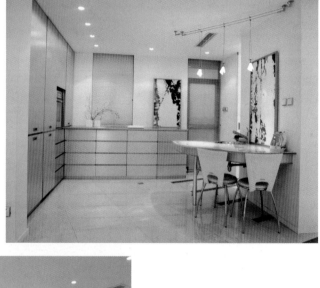

程阳，室内建筑师，中国建筑学会室内设计分会会员。程阳1994年至1997年在江苏省家具总公司从事室内设计。1997年至今在江苏中联家具有限公司从事室内设计，任设计部经理。主要在南京、无锡两地开展业务。设计项目涉及酒店、商业写字楼、会所、餐厅、茶社、高级住宅等。2002年获南京"金陵杯"室内设计大赛二等奖。2003年获南京"豪森杯"室内设计大赛一等奖。2004年当选为"中国百名优秀室内建筑师"。

程阳设计作品 泉峰总部

大厅

大厅

展示厅

CEO 办公室

CHENG TAO

成 涛

成涛，1982年毕业于北京中央工艺美术学院。1982-1986年在湖南大学任副教授；1986-2005年在广州大学建筑与城市规划学院任副教授；2005年至今任广州大学建筑设计研究院一所所长。中国建筑协会室内设计分会广东省分会委员。2004年12月被评为"全国百名优秀室内建筑师"。

广州华港图书馆综合阅览室

成涛积级参加了协会的筹备工作及其他各项工作，并多次在协会的设计论坛中发表专题讲座，曾出版20万字的《商标设计、使用与管理》、46万字的《现代室内设计与实务》两部专著，还发表过三十余篇有关设计与美术教育研究论文。目前正在编写广东省《室内设计名家作品集》。

成涛的主要作品有湘潭盘龙山庄大酒店，烟台金沙滩大酒店，山东心中乐大酒店，广州市武警总队办公大楼、会议中心，广州金碧御水山庄，湘潭东方红广场，焦作市商业银行营业大楼，焦作市中央商务区美食街，焦作市广播电视大厦，湘潭银苑小区，湘潭盘龙名府公务员小区。

焦作市商业银行营业大楼

湖南湘潭盘龙山庄大酒店大堂

盘龙山庄大堂一角

CHENG LINDE

程 林 德

程林德设计作品

程林德，毕业于广州美术学院，同年分配到中国轻工业广州设计院任设计师。1997年任广东省华侨建设工程公司艺新分公司设计总监、项目经理。2001年组建广州市林德装饰设计工程有限公司与广州德闻装饰设计工程有限公司任总经理和首席设计师。IFI国际建筑师联盟专业委员，IDQ国际设计师协会注册国际会员，中国建筑学会室内分会会员，高级室内建筑师。

程林德获1989-2004年"全国百名优秀室内建筑师"荣誉称号。作品获2004年"华耐杯"中国室内设计大奖赛工程类二等奖。2002年"史丹利杯"中国室内设计大奖赛工程类佳作奖。作品录入《中国室内年刊》、《中国室内设计大奖赛优秀作品集》、《原创家居装饰》、《广东装饰》、《城市住宅》、《别墅风情》。论文《展望二十一世纪的室内设计》发表于《中外建筑》。

CUI GUOXIAN

崔国贤

手绘效果图

崔国贤，高级室内建筑师。中国建筑学会室内设计学会会员，中国室内设计分会佛山专业委员会副主任，崔国贤环境艺术设计事务所主持、设计总监。1990年毕业于北京中国书画大学绘画专业，1994年毕业于岭南艺术学院设计专业，1994年创立崔国贤环境艺术设计事务所，2002年被评为"中国高级室内建筑师"，2004年被评为"全国百名优秀室内建筑设计师"之一，并获"佛山十大杰出青年"称号。

1988年崔国贤的作品"佛山百花广场"建筑设计入选1988全国建筑画作品展获三等奖。2000年作品"色、识相关"室内设计入选佛山首届居室室内设计大赛获三等奖。2001年，作品广东"南海广场天蓝百货公司"室内设计入选2001年全国室内设计作品展，并被辑入2001年度《中国室内设计年刊》。2003年"南沙客运港"，荣获中国室内设计公共建筑方案类佳作奖（合作者为区家）。2003年的作品广东中山"京华半岛宴会厅"效果图荣获中国室内设计手绘图大赛铜奖。2004年的作品"国卫设计事务所"入选中国"林安杯"室内设计大赛并获铜奖。2004年作品"玉氏山房"入选"华耐杯"全国室内设计大赛，获方案优秀奖。2005年作品"南沙客运港"荣获"海峡两岸三地室内设计大奖赛"公共建筑类二等奖

广州石磨坊雕塑展厅

（合作者为区家）。2005年作品"凤凰山居"荣获"海峡两岸三地室内设计大奖赛"住宅建筑类二等奖。1990年所作论文《环境与艺术》选登于《中国建筑学报》。2002年的论文《商业空间设计》选登于《佛山科技报》。

广州石磨坊

广州南沙客运港

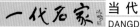

② 演播厅

① 演播厅

佛山电视台室内

广州南沙客运港

佛山电视台外立面

LI ZHITAO

黎 志 涛

教研室——保存古典柱式 延续历史文脉

陈列室——构思布展创意体验学术氛围

中大院远眺——饱经历史沧桑 焕发新生魅力

黎志涛，出生于1941年，国家一级注册建筑师。1966年清华大学建筑系本科毕业。1981年在南京工学院建筑系获硕士学位，并留校任教至今。现为东南大学建筑学院教授、博导。中国建筑学会室内设计分会理事，南京市室内设计学会理事。

　　黎志涛教授长期以来从事建筑设计、室内设计的教学与工程实践，认为室内设计是建筑设计的继续，室内设计必须在建筑设计的基础上进行再创作，使两者成为一体化的设计，以期取得立意准确、构思完整、表达切题、效果满意的设计目标。他曾获国家教委、国务院学位办"做出突出贡献的中国硕士学位获得者"称号（1991年）、国家优秀教学成果二等奖（1997年）、江苏省优秀教学成果一等奖（2005年）、江苏省高等学校教学名师（2003年）、全国有成就资深室内建筑师（2004年）等。发表学术论文三十余篇，出版《室内设计方法入门》等学术著作12部。完成建筑工程设计、室内工程设计约四十余项，18次分获全国及省部级建筑设计竞赛一、二、三等奖，2次分获中国室内设计大奖赛优秀奖、提名奖。自1990年起至今已指导硕士研究生三十余名，博士生近十名。

CONG NING

丛 宁

丛宁（丛林），高级室内建筑设计师，高级室内设计师，全国百名优秀室内建筑师。中国建筑学会室内设计学会会员。2005年中国室内设计十大年度封面人物。

丛宁所设计作品分别获得：2000年全国第三届室内设计大赛（北京）银奖，中国室内设计大奖赛（佛山）佳作奖。2001年"欧典杯"全国首届家居装饰设计大奖赛（深圳）金奖、银奖、铜奖，中国首届西部室内设计大奖赛（西安）银奖、优秀奖，中国第一届"吉象e匠"中国住宅室内设计大赛（福州）最高奖，中国室内设计大奖赛（福州）优秀奖。2002年中国室内首届"圆方杯"室内设计大赛（三亚）金奖，全国第四届室内设计大赛（三亚）铜奖，南京"金陵杯"室内设计大赛优秀奖，南京"金陵杯"室内设计大赛最佳组织奖，中国室内设计大奖赛（西安）佳作奖。2003年中国室内设计手绘效果图大奖赛（南京）银奖，亚太室内设计大奖赛（香港）优秀奖，江苏省室内设计大奖赛（南京）银奖，江苏省室内设计大奖赛（南京）铜奖，江苏省室内设计大奖赛（南京）优秀奖。2004年中国第五届室内设计双年展（广州）金奖，中国第五届室内设计双年展（广州）银奖，中国第五届室内设计双年展（广州）优秀奖，"博洛尼杯"中国室内设计手绘表现图大赛（宁波）佳作奖，中国室内设计师十大封面人物（宁波）提名奖，"全国百名优秀室内建筑师"（北京）荣誉称号，"华耐杯"中国室内设计大奖赛（宁波）住宅工程类铜奖，"缔造灵性生活"首届东鹏杯全国设计大赛（北京）最具创意奖。2005年 "L&D陶瓷"杯2005

海峡两岸四地室内设计大赛（福州）一等奖、优秀奖，2005-2006 中国室内设计师年度封面人物（桂林）十大封面人物，2005 年中国室内设计大奖赛（桂林）佳作奖，2005 年中国室内设计大奖赛（桂林）优秀奖，国际室内建筑师／设计师联盟（桂林）佳作奖，国际室内建筑师／设计师联盟（桂林）优秀奖。

丛宁作品先后在《室内设计与装修》、《新居室》、《新世纪家居装饰经典实例》、《北京青年报》、《扬子晚报》、《三秦都市报》、《西安晚报》等报刊发表。并接受西安电视台、深圳电视台、南京电视台的专访。部分作品被收入《中国室内设计年鉴》、《中国优秀青年室内设计师作品集》、《全国室内设计大赛作品集》、《全国住宅室内设计作品集》等典籍。

江苏万豪国际公寓

城市假日－403样板房

丛宁设计作品

居·地中海风格

人文茶室

丛宁设计作品

人文茶室

城市假日－403样板房

LIU DONG
刘 东

上海美术馆——Kathleen's #980

刘东，出生于1969年。1989年毕业于广州市美术学院环境艺术设计专业，室内建筑师，建筑装饰设计助理工程师，广州市环境装饰设计协会会员，中国建筑学会室内设计学会会员，于2004年12月被评为全国百名优秀设计师。现任广州市中联设计顾问有限公司副总经理、总设计师。

刘东从事室内装饰设计工作达16年，独立主持并参与多项大中型综合商业建筑、室内环境设计，大中型工程单项建筑、室内环境设计，建筑环境设计等项目，且屡获殊荣。

上海美术馆——Kathleen's #980

新地桃苑会所休闲咖啡区

刘东设计作品

新地桃苑会所高级中菜厅

刘东设计作品

文化产业园办公主楼

HAN FANG

韩 放

外宾会见厅

韩放，中国建筑学会室内设计分会会员，全国首批高级室内建筑师、高级工程师、全国"百佳"室内建筑师。先后毕业于西安建筑科技大学与武汉理工大学艺术与设计学院，分别获得学士与硕士学位。现为广州大学艺术设计学院环艺系副教授，并兼任中国联合承造实业有限公司设计事务所董事、太原科利伟装饰有限公司总设计师。

从2000年至今，有多项作品入围中国室内设计大奖赛并获奖。先后在省级以上刊物发表论文和设计体会十余篇，有两部专著及参与的一部全国设计类大学教材编写公开发行。韩放作为第一负责人承担了"陕西省委常委会议室及外宾会见厅"、"山西梅园百盛商厦"、"广州南园花园会所俱乐部"、"太原滨江俱乐部"、"太原东江餐饮集团高新开发区店"、"太原天水华闲酒店"、"广东阳江海陵岛南方假日酒店（四星）"等项目的设计；作为中标及深化方案第一负责人承担了"重庆科技会展中心酒店（五星）"的设计；任负责人承担了"西安电子科技大学（最新中标方案）"；独立完成了"太原御花园假日酒店（五星）夜总会"改造方案的设计工作。

陕西省委常委会议室

常委小会议室

韩放设计作品　太原御花园假日

XI JIN
习晋

长安大学工程设计研究院

习晋，男，长安大学设计院装饰设计研究所所长、高级室内建筑师、中国建筑室内设计学会第五专业委员会副会长兼秘书长。陕西省室内装饰协会设计委员会副秘书长、《新装饰、新材料》期刊编委。陕西省收藏家协会常务理事。

习晋论著曾获全国建筑院校情报网优秀论著一等奖；作品曾获建筑书画展一等奖。有"面向二十一世纪银行装修设计特点分析"、"实施CI标准、优化装修设计"、"装饰工程评判模式"、"精湛完美的追求"、"弘扬室内设计中国风"、"关注我们共同的家园"、"艺与道俱进，品随类更高。"等近五十余篇论文及作品公开发表。主要作品有碑林中药股份集团净化车间及办公空间室内设计、长安大学医院装饰设计，曲江仁和医院建筑设计、陕西历史博物馆唐墓壁画馆室内设计、长安大学畅想园广场、砺志园、掇英园广场环境设计、陕西师范大学艺术剧院音乐厅室内装修设计、河海大学体育馆室内设计、交通银行西安分行金融超市营业网点室内外装修设计；陕西电视塔室内外装修设计；定边石油宾馆和定边石油办

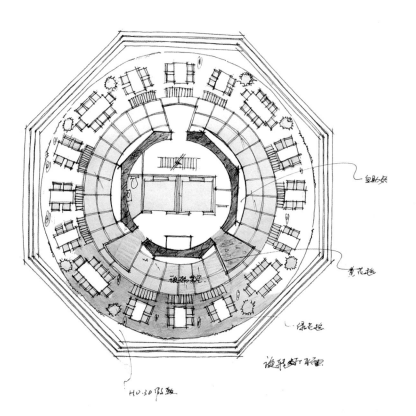

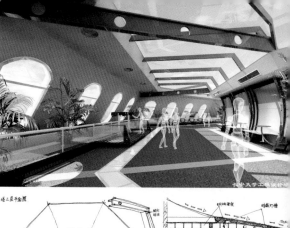

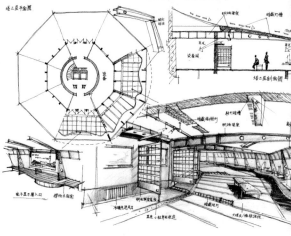

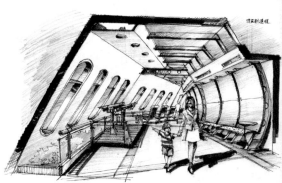

公大楼室内外装修设计等项目；并为著名画家王西京、陈国勇及著名收藏家杨珏等文化名人进行居室设计。《三秦都市报》、《新居室》、《陕西建材》、《西安晚报》、《华商报》等媒体进行了专题采访。多次主持并参加了中国西部著名设计师作品交流展、学术研讨会和专家评审工作。

SUN JIZHONG
孙 继 忠

碧海云天

孙继忠，出生于1964年，高级策划师、高级室内建筑师、建筑师。1988年9月至1989年3月，在宁波市民用建筑设计院从事建筑设计工作，担任助理工程师职务。1989年3月至2000年1月，在深圳市建筑装饰（集团）有限公司设计研究院担任设计部经理。2000年3月至今，任北京德港清水建筑设计有限公司副总工程师，同时，任深圳市红筑东方工程设计有限公司总经理兼策划总部总工程师，深圳市德港装饰工程有限公司总工程师。2005年参加清华大学研究生MBA研修。

　　孙继忠从事设计工作近二十年的时间中，一直秉承着诚实质朴的精神，兢兢业业工作，形成了对建筑、景观、室内的全面把握能力，树立了独特的个人风格，逐渐成长为中国最具影响力的青年设计师。作品"紫薇山庄酒店"获2005年度中国最佳酒店客房设计作品；2004年"西安紫薇山庄·酒店"荣获"华耐杯"中国室内设计大奖赛大奖。"西安火炬创业园"荣获"东鹏杯"室内设计大奖赛最佳创意奖；"深圳大梅沙天琴湾海滨会所"荣获2003年"华耐杯"中国室内设计大奖赛优秀奖；"西安'紫薇田园都市'销售中心工程设计"获2002年"史丹利杯"中国室内设计大赛入围奖。"中国海外地产公司深圳公司—中海华庭"荣获"'99中国室内设计大赛办公类空间"荣誉大奖；"深圳市麒麟山庄3号、6号设计方案"荣获"'97中国室内建筑师学会"入围奖等等。

其 2005 年获"中国室内设计 20 年设计功勋奖";2005 年中国室内设计师十大封面人物评中获"提名奖";中国国际饭店业博览会上获"2005 中国最佳酒店设计师"荣誉称号;中国国际饭店业博览会上获"2005 年度十佳饭店设计师"荣誉称号;2005 年深圳首届室内设计文化节中获"深圳十大室内设计师（酒店·会所类）"荣誉称号;被评为"1989–2004 全国百名优秀室内建筑师";2004 年中国室内设计师十大封面人物评选中获"提名奖"。2004 年被授予"全国杰出中青年室内建筑师"称号。

孙继忠设计作品 大河春天

LI YIZHONG
李益中

李益中，1993年毕业于大连理工大学建筑学专业，1998年创立深圳市派尚环境艺术设计有限公司。现为中国建筑学会室内设计分会理事。

李益中设计作品

李益中近年来主要致力于地产商的样板房、售楼处、会所等为主的专业室内设计，并在此领域积累了大量的成功案例和经典作品。作品理性与感性兼具，追求格调，富于情感，崇尚文化韵味，致力于塑造优雅的情境空间。获2005年度第二届海峡两岸四地室内设计大赛二等奖（复式住宅类）、三等奖（商业空间类）。荣获2004年度住交会CIHAF中国十佳住宅设计师，2004年度全国百名优秀室内建筑师，2004年《现代装饰》年度传媒奖"优秀室内设计师"，2002年度中国室内设计学会"年度最佳室内设计师"奖，2002年度中国室内设计大赛住宅类二等奖，2002年度亚太区室内设计大赛样板房／展示类别荣誉奖，2002年度亚太区

室内设计大赛住宅类别荣誉奖，2002年度深圳市建筑室内装饰展一等奖，2001年度中国室内设计大赛住宅类二等奖，2001年度首届"吉象E匠"杯"二人世界"提名奖，2000年度中国室内设计大赛住宅工程类一等奖，1999年度中国室内设计大赛娱乐类空间优秀奖。

ZHAO YIDING

赵一丁

赵一丁，国家高级工艺美术师。1983年毕业于清华大学美术学院（原中央工艺美术学院）室内设计专业，（泰国）世界华人艺术商会主席，西安建筑科技大学兼职教授，中国首批CIID"全国有成就资深室内建筑师"。

赵一丁曾任人民大会堂陕西厅室内建筑工程专家组组长。中央领导同志对改造后的陕西厅大加赞赏，被全国人大赞誉为"一百年不落后"的工程。

两次荣登由邓小平题刊名，共青团中央主办的《中华儿女》封面人物。

2000年其指导作品获联合国教科文组织全球千禧年环境设计大赛"Reuse of the Underground Village"杰出方案奖，成为中国唯一获奖作品。

2002年在泰国举行的世界艺术家、建筑师"世纪——环保"主题设计大赛，作品"古窑洞大酒店"一举夺得"世纪环保建筑"一等奖。同时作了"生态建筑——人居文化的未来"主题演讲，赢得了全球设计专家及环境专家们的一致好评和广泛关注，使得陕西永寿地区凹穴式古窑洞的再利用与创新发展成为代表人类人居环境发展新方向的一个极好案例。

QU SHEN

屈 伸

屈伸，2001年毕业于西安建筑科技大学建筑学专业，西安美术学院环境艺术系研究生，（泰国）世界华人艺术商会理事，亚太国际"地下生态建筑体系研究机构"研究员，中国首批CIID"全国百名优秀室内建筑师"，中国建筑学会室内设计分会会员。师承于著名地下建筑环境专家夏云教授及著名环境艺术专家吴昊教授，致力于地下生态建筑体系研究十余年。

屈伸曾任西安达尔曼大酒店室内建筑工程（五星级）主任设计师，西安海星智能广场、陕西省建设银行、兰州世纪广场总设计师，并均荣获国家优良工程。

2004年参与北京人民大会堂陕西厅室内建筑改造工程获广泛好评。

2002年与赵一丁教授共同设计的"古窑洞大酒店"荣获在泰国举行的"世纪——环保"主题设计大赛"世纪环保建筑"一等奖。

过廊

窑洞酒店沙盘

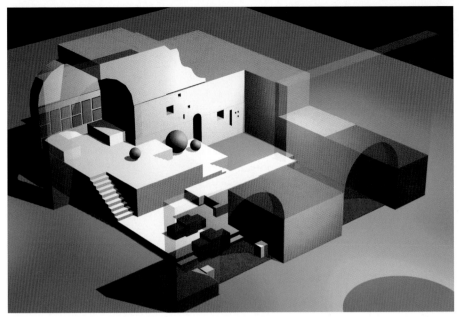

迎宾广场

阙与灯柱

古窑洞接待区

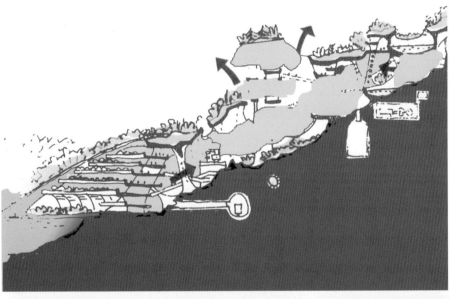

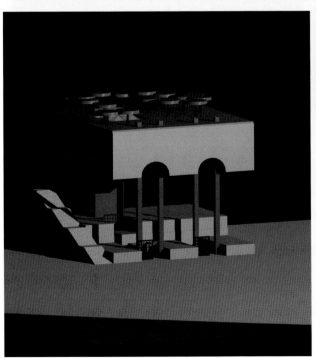

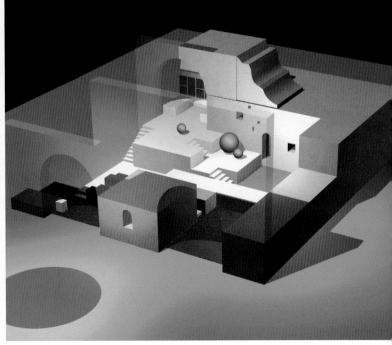

GU MING
顾 明

罗曼二期中厅

顾明，1985年毕业于中央戏剧学院舞台美术系设计专业，1996年在北京艺豪建筑装饰设计工程有限公司工作。荣获"全国百名优秀室内建筑师"称号。

罗曼二期通道

罗曼一期大门入口

　　顾明认为风格不是设计师所要追求的目标，它是设计师自身素养及一个时期的审美趋向所自然形成的一种设计倾向的表现样式。主要作品有：北京罗曼俱乐部一期、二期，北京前门饭店改造工程，北京恒翔娱乐部，中国北京棉花公司办公区及交易大厅。先后邀聘为北京蓝堡国际公寓室内总设计师，北京欧陆苑房地产开发有限公司设计总监、室内设计主持。并在由新西兰羊毛局和中国建筑学会室内分会主办的全国室内大奖赛中获优秀奖。

蓝堡国际公寓

香花畦样板间

香花畦样板间

香花畦样板间

顾明设计作品

罗曼二期 VIP 区

罗曼一期日式套房

罗曼二期大厅

顾明设计作品

罗曼二期夜总会入口

罗曼一期酒吧台球区

罗曼一期大厅观光楼梯

HUANG WEIBIAO

黄伟彪

黄伟彪，出生于1968年。毕业于广州美术学院。1998年组建兰州御居装饰设计有限公司。荣获2004年全国百名优秀室内建筑师。

公司本部接待区

  黄伟彪1992年至1995年在广州华侨装饰工程公司任职期间，负责设计了：兰州金城宾馆、兰州丽都大酒店、兰州黄金大厦等多个作品。1996年至1998年任自由设计师期间负责设计了：西宁建设银行大厦、兰州金达大厦等多个作品。他于1998年组建兰州御居装饰设计公司以来，负责设计了：国芳百盛、敦煌太阳村大酒店、敦煌太阳村度假村、三州大厦、胜利宾馆、八一宾馆、锦江阳光酒店、甘肃省委党校、西北图书商城等多个作品。期间还设计了佳瑞大厦、金豪海海鲜大世界、路德商务大厦、唐古拉大酒店、西宁新天地西餐酒吧等作品。

东魅酒吧

西宁新天地西餐酒吧

西宁新天地西餐酒吧

HONG ZHONGXUAN

洪 忠 轩

洪忠轩，香港室内设计协会深圳代表处委员；2003年度中国"最佳室内设计师奖"惟一获得者；2004、2005年度中国国际饭店业博览会"最佳饭店设计师"奖；2004年"全国杰出中青年室内建筑师"；中国建筑学会"全国百优室内建筑师"；INTERIOR DESIGN 2004中国室内设计师十大封面人物；2005中国最具影响力中青年设计师。2008国家奥运会特许经营店商业形象识别系统设计负责人等。

大吉温泉度假村会议中心

　　洪忠轩在建筑设计、室内设计以及规划和环境设计方面取得了巨大的成就，尤其在酒店设计和文化营造方面有较深的研究和成就，连续3年获国家级设计大奖赛一等奖。2005年获邀赴美国波士顿举办作品展览。出版了《洪忠轩酒店文化与设计营销》和《当代建筑与室内设计师精品系列—洪忠轩室内外设计》等个人专辑。

洪忠轩设计作品 锦江酒店

JIANG YING

姜樱

一层流水琴吧

姜樱设计作品
苏州锦帆娱乐中心室内装饰设计工程

姜樱，1968年出生于江苏扬州市，高级室内建筑师，副总设计师，设计三公司经理。1986—1990年在苏州市城建环保学院建筑系学习后在建筑系任教，2001年加入中国室内设计学会，1996—2001年苏州市苏明装饰公司任总设计师，2002年金螳螂建筑装饰股份有限公司任副总设计师。全国百名优秀室内建筑师，全国杰出中青年室内建筑师。

　　姜樱从事建筑装饰设计工作十五年来，他本着室内设计是建筑设计的延续，完善和再创造这一原理，在建筑既定的空间形态的基础上，通过装饰的手段，体现其所承载的角色气质。主要设计作品有2005年浙江耀江大酒店（五星），常州行政中心；2004年青岛广业锦江大酒店（四星），扬中行政中心，苏州都市花园七期精装修房，扬州地方税务局综合办公楼；2003年上海恒瑞制药综合楼，南京中级人民法院法庭档案综合楼，苏州吴中区人民法院，江苏姜堰黄河国际大酒店；2002年苏州市文化局昆曲馆，苏州欧佩克财长会议中心，南京市新华报业大厦。

姜樱作品2005年"江苏姜堰黄河国际大酒店"获2005年度中国最佳酒店设计作品奖。"苏州文化局昆曲馆沁兰厅"装饰工程获2003年度建筑工程装饰工程鲁班奖。"江苏新华报业大厦"获深圳市2002建筑装饰设计二等奖。《设计工作与设计团队》发表于《中国建筑装饰》（2004年11期）。"江苏新华报业大厦"发表于《中国室内设计年刊》（2002年版）

一层休闲酒廊

二层KTV包厢

KANG HUA
康 华

康华，高级室内建筑师，中国建筑学会室内设计分会会员。1993年毕业于湖南大学建筑专业。1993至今历任深圳设计装饰工程有限公司设计师、设计部经理、设计部副总经理。1999年创建深圳市汉筑装饰设计有限公司，2004年荣获全国百名优秀室内建筑师称号、杰出中青年室内建筑师、深圳市装饰设计功勋人物。

康华设计作品

康华设计的主要项目有武汉丰颐大酒店、广州市中山医学院附一医院门诊大楼、中国海关武陵源培训中心、银川市移动大厦、大庆福利院、长沙市委市政府办公大楼、长沙市神禹大酒店、成都华海大酒店、深圳市上海宾馆、广东省中医院门诊大楼、深圳监狱、深圳市南山区地税局、惠州市地税局、惠州市体育馆、惠州市会议中心、四川内江方向科技园、深圳市方向科技有限公司、太原高新区数码港办公楼。所获得的主要奖项有全国第三届室内设计大展金奖、全国第三届室内设计大展优秀奖、全国第四届室内设计大展铜奖、深圳市2002年建筑设计作品展公共建筑室内设计三等奖、深圳市第六届装饰设计作品展、公共建筑

室内装饰佳作奖、2004年广东室内设计大赛优秀奖、深圳市第七届装饰设计作品展住宅设计类三等奖、深圳市第七届装饰设计作品展佳作奖。

KE WENBING
柯 文 兵

金碧湾售楼中心

柯文兵，建筑学硕士。中国室内设计学会第九分会专业委员会委员，广州大学室内设计专业负责人之一。历任广州南海装饰工程公司（现世纪达公司）设计部经理、总设计师；广州珠江装修工程公司设计公司经理、总设计师；现任广州恒大实业集团装修园林设计部经理、总设计师。

　　柯文兵从事室内设计教学与实践十余年，设计中注重建筑空间的理解与再创造，以空间为中心展开设计，善于结合空间特点创造室内环境意境。利用空间手法与语言表达设计构思，加之多年的建筑设计素养，空间处理细致丰富、开合有度，作品风格洗练大方，带有明显的建筑色彩，多次入选《中国室内设计年刊》。代表作品有广东省南海影剧院、南海怡翠花园大型会所、广州新机场贵宾候机厅、广州广天大厦、佛山市燃气公司、佛山公路局办公大楼、江苏昆山裕元新天地酒店、恒大钢铁集团酒店等。

恒大钢铁集团会议厅

恒大集团会议中心

恒钢会议厅走廊

广东佛山南海影院室内

LI HAO
李 浩

沈阳景星酒店

女士专层客房

中庭

李浩，36岁。1991年7月毕业于广州大学艺术设计系室内与环境设计专业，大学专科，2003年7月毕业于广州大学艺术与设计学院美术学专业大学本科，2005年至今正在攻读澳大利亚悉尼科技大学工程管理硕士。

李浩1991年毕业留校广州大学工作数年，至今十多年间一直从事专业室内设计工作，主持设计了涉及酒店业、商业、办公、娱乐、餐饮等类型的大型公装项目百余项数十万平方米。具有丰富的设计经验，在推广设计的同时，协助客户获取了商业上的成功。由于在中国室内设计界的成绩显著，2004年12月被中国建筑学会室内设计分会授予"全国百名优秀室内建筑师"荣誉称号。

在专注室内设计工作的同时，在企业管理的范畴，李浩基于德国著名学者尤金哈·贝马斯的沟通行动理论的哲学基础上，配合专业行动研究的理论框架，利用网际博客系统发展出知识管理系统，不但应用于管理企业的知识，更把该系统拓展至设计师团队的协作管理上。出版专著《商业购物空间设计与实务》，为第二作者（广东科技出版社1998年8月出版）。

李浩设计作品 江门供电微波调度大楼

首层大堂门口   会议室   附楼电梯间

主楼首层大堂

LI CUNDONG

李存东

浙江大学生命科学学院

李存东，1997年毕业于哈尔滨建筑大学，建筑系建筑学专业，获建筑学硕士学位，毕业后一直工作于中国建筑设计研究院。现为中国建筑设计研究院环境艺术设计研究院副院长、总建筑师，景观所所长、高级建筑师、一级注册建筑师、注册城市规划师，中国建设文化艺术协会环境艺术委员会常务理事。

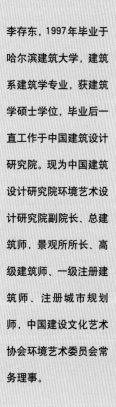

李存东1994年获"中国第二次建筑作品设计大赛"鼓励奖。1997年获"北京市优秀农村住宅设计竞赛"一等奖。1999年获建设部"迈向二十一世纪的中国住宅方案竞赛"三等奖。1999年主持设计的济南汇统花园被列入建设部"首届国家康居示范工程"。2000年主诗设计的郑州德亿时代城小区被列入建设部"国家康居示范工程"，并获"新世纪人居经典住宅小区方案竞赛"人居经典综合大奖。2002年作为建筑专业负责人的四川省人民医院综合楼被评为中国建筑设计研究院"优秀工程设计"初步设计三等奖，施工图设计二等奖。2003年主持的浙江大学生命科学学院大楼，获中国建筑设计研究院"优秀工程设计"初步设计二等奖。2003年主持中方设计的国际设计竞赛——奥林匹克森林公园及中心区景观规划，获最高奖优秀奖。2004年负责景观专业的国家重点工程——奥运会国家主体育场景观设计、主持的北京市重点工程——首都博物馆新馆景观设计，分别获中国建筑设计研究院"优秀工程设计"一、二等奖。2005年主持的拉萨市重点工程——布达拉宫周边环境整治及宗角禄康公园改造工程、铁道部重点工程——青藏铁路拉萨火车站北广场景观设计，分别获中国建筑设计研究院"优秀工程设计"方案设计二、三等奖。

2001年8月，出版专著《建筑创作思维的过程与表达》（28.6万字，中国建筑工业出版社）。2003年2月，作为编写组主要参加人编写了《全国民用建筑工程设计技术措施》规划建筑分册，获中国建筑设计研究院"科学技术进步奖"特等奖。2004年《中国龙——奥林匹克森林公园及中心区景观规划》获中国建筑学会室内设计分会年度优秀论文。2005年着手编制国家标准图集《建筑场地园林景观设计深度及图样》。

发表的文章有：《发现基地中隐含的秩序》、《建筑设计的理性思维过程描述》、《问题的发现与求解》、《以谁为本》、《链接——北京大兴外研社国际会议中心设计》、《以景观整合建筑》等。

SHI LIXIU
史 丽 秀

史丽秀毕业后至今一直工作于中国建筑设计研究院，从事建筑设计、规划、景观环境及室内设计工作，除参加工程设计外，还潜心进行一些理论及科研工作，并获得工程设计的奖项及理论研究成果。由于自身工作范围较为宽泛，曾经从事建筑室内设计，建筑设计及建筑外部空间环境的设计。现除负责工程设计外还负责学科的科研发展，主持相关的科研课题，已编制完成的《环境景观——室外工程细部构造》《环境景观——绿化种植设计》是在景观设计方面第一个较全面的国家标准设计图集，此项工作为景观设计行业发展做出了贡献。2003年完成《环境景观——室外工程细部构造》（国家标准图集），2003年完成《环境景观——绿化种植设计》（国家标准图集），《家庭装修指南》，1998年完成《室内建筑师手册》。她的"国家体育场——2008年奥林匹克运动会主体育场景观设计"；2004年《中国龙——奥林匹克森林公园及中心区景观规划设计》获中国建筑学会室内设计分会优秀论文；2003年奥林匹克公园、森林公园及中心区景观规划设计方案由首都规划委员会评为优秀奖；2002年凉水河滨河绿地景观设计；2001年南京聚福园居住小区环境景观设计；1996年住宅多功能组合壁柜设计获北京市规划委员会二等奖；1991年深圳市中国人民银行大厦装修设计获建设部优秀设计、深圳装饰行业协会深圳首届装饰工程优秀奖（1990年）。

史丽秀，教授级高级建筑师。1985年毕业于鲁迅美术学院，获学士学位。中国建筑设计研究院环境艺术设计研究院任副总建筑师、景观所副所长、所总建筑师。中国建设文化艺术协会环境艺术委员会专家委员，北京勘察设计协会专家库评审专家，国际室内装饰协会中国分会理事。现任IFDA国际室内装饰协会中国分会理事，北京勘察设计专家库评审专家，中国建筑师协会、中国经济学研究会房地产资源专业委员会等委员。

LI CHONGJING

李崇敬

李崇敬,1999年毕业于
广州美术学院设计分
院,主修环境艺术设
计。1999年至2003年就
职于深圳新科特种装饰
工程公司,任室内设计
师。2003年至今就职于
深圳市电子院设计有限
公司建筑设计研究所,
任室内设计师及景观设
计师等。

深圳电子院审图公司

李崇敬2001年、2002
年主持设计深圳高新区深
港产学研基地室内设计项
目,作品获2002年度亚太
地区室内设计大奖赛学院
类冠军奖。2004年获1989
年－2004年"全国百名优
秀室内建筑师"称号。

深圳电子院审图公司

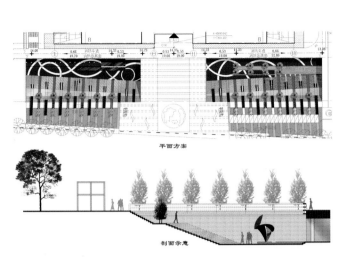

东莞少年宫下沉广场景观

深圳电子院审图公司

深港产学研基地项目

LOU WEI
娄 玮

银基花园

娄玮，1962年出生于郑州。1986年毕业于中央工艺美术学院装潢系，1987年至今从事艺术设计工作。主要致力于建筑环艺设计。2004年获全国百名优秀室内建筑设计师和中国十大封面人物提名奖。曾多次获得全国室内设计大赛优秀奖和佳作奖及入围奖。

　　娄玮主要平面作品有1989年为北京十三陵"九龙游乐园"主持设计的大型钉子浮雕壁画《龙之梦》获"亚洲之最"称号；1995年独立设计"北京黄亭子宾馆"（三星级）；1997年独立设计"河南宾馆三号楼"（三星级）；1998年独立设计"团中央办公大楼"；1999年参与设计"北京中联部礼堂"（四星级标准）；2001年主持设计"郑州兴亚国际俱乐部酒店"（五星级）；2001年主持设计"郑州龙湖宾馆"（三星级）；2001年独立设计北京南苑机场三星级宾馆和西郊机场停机坪等装饰；2001-2002年主持设计北京首都机场候机厅、快餐厅及商场等工程；2002年主持设计四星级标准"河南黄河迎宾馆"；2002年独立设计四星级宾馆"济源雅士达酒店"；2003年主持设计三星级宾馆"郑州少林大酒店"；2003年独立设计"河南省济源市国税大楼"；2003年独立设计"河南省济源市财政大楼"；2004年主持设计方案"郑州九郡·弘九龙会所"；2004年主持设计方案"郑州新郑国际机场"；2004年设计工程"顺弛集团"洛阳南售楼会所，并获2004年度中国建筑学会室内分会"华耐杯"大奖赛优秀奖；2004年设计工程国务院国管局某别墅；2004年设计工程北京中国人民解放军画报社外立面及图片社营业楼；2004年设计工程"城建集团"北京城建北方建设有限责任公司；2004年设计方案北京某

顺驰会所

客厅

餐厅

次卧室

客厅

厨房

电视剧未来一百年的电脑办公室；2004年设计方案北京朝阳区奥林匹克运动医学馆；2004年设计工程北京密云"阿斯克莱"生产办公大楼。

　　2004年她主持设计河南省安阳——红鹰大酒店整体方案，现正在施工中。2002年11月设计并在全国正式发行的五枚邮票《中国博物管建设》。2002年11月与韩国设计师合作设计并在全国正式发行的两枚邮票《武术与跆拳道》。2004年合作设计的奥运金币——已被中国金币公会和中国银行采纳和即将发行。2005年设计工程——平顶山市四星级产业式酒店"佳田国际大酒店"。

卫生间

客厅

LU MING

陆 明

陆明，1987年开始从事建筑室内空间设计工作，1994年创立宁波恒达装饰工程有限公司，任创意设计总监至今。曾荣获"浙江省优秀中青年室内建筑师"、"全国百名优秀室内建筑师"等称号。

财政部驻宁波办事处（设计方案）

　　陆明擅长大型商用空间、办公空间的室内规划设计，设计崇尚延续建筑空间的构想，达到人"意"合一，人"情"合一，人"文"合一。作品曾获全国第四届室内设计大展银奖，第五届室内设计双年展铜奖，2003年、2004年"华耐杯"优秀及佳作奖，2005年IFI首届国际室内设计大赛三等奖。

OU JIA
区 家

区家，高级室内建筑师。现任中国建筑学会室内设计分会、理事，第十专业委员会副主任。2004年被评为全国百名优秀室内建筑师。

广州南沙客运港

　　区家主要作品获奖概况：2000年"江西新亚新商城方案"，获中国室内设计学会优秀作品奖；"金马影剧院"，获中国室内设计学会优秀作品奖；"建造培训中心"，获中国室内设计学会优秀作品奖。2001年"南浦新村小区规划"，获中国室内设计住宅类佳作奖。2003年"广州南沙客运港"，获中国室内设计公共建筑方案类佳作奖。2005年"广州南沙新客运港"，获海峡两岸三地室内设计大奖赛公共建筑室内设计工程类二等奖；"新客运港园林景观"，获中国室内设计学会"华耐杯"设计大赛三等奖。

广州南沙客运港出入境大厅入境大厅

入口局部

区家设计作品

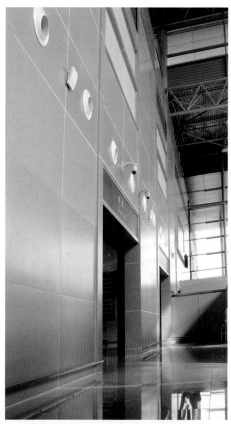

贵宾室

出入境大厅局部

孙 大 壮

武汉琴台大剧院（中标方案）

孙大壮，高级室内建筑师，深圳洪涛装饰工程有限公司设计院副院长、设计三所所长，孙大壮设计工作室设计总监。获2004年中国饭店协会、中国建筑装饰协会"最佳饭店室内设计师"称号；获2004年CIID"全国百名优秀室内建筑师"称号；获2004年中装协"杰出中青年室内设计师"称号。

QU ZHAOJUN

曲照军

曲照军，室内建筑师工作室主持人、总设计师。毕业于青岛教育学院美术专业，结业于中央美术学院电脑美术班。高级室内建筑师。1989-2004年度"全国百名优秀室内建筑师"。中国建筑学会室内设计学会会员，中国工业设计协会会员，青岛市美术家协会会员，青岛市书法家协会会员。

百通花园住宅阁楼空间1

《中国室内设计年刊》1997年发表了曲照军的作品"胜利油田电视塔室内设计"，"青岛金都国际大厦室内设计"，"青岛国际银行室内设计"。1998年发表了"青岛中苑海上广场环境设计中标方案"，"青岛华夏银行室内设计"，"青岛崂山康成书院教研中心室内设计（五星级标准）"。2004年发表了"青岛崂山康成书院教研中心室内设计（五星级标准）"。

2003年10月《青岛早报》刊登了以《游走在诗意与智慧之间》为题对曲照军进行专访。2004年6月中国室内设计学会出版的《装饰装修天地》杂志对其进行专访。作品2004年获"金护照杯"中国住宅设计大赛三等奖，2004年作品"青岛崂山康成书院教研中心室内设计"入围"华耐杯"中国室内设计大赛，2004年12月住宅设计作品入选《空间策略》一书。2005年3月《新锐共享》杂志刊登了以《用诗意和智慧勾勒温馨浪漫的居所》亦对其进行专访。曲照军亦是一位出色的书画家，有多幅绘画及书法作品分别发表于《中国工运》、《老年教育》、《广州日报》、《大众日报》等各类报刊上。

曲照军设计作品

百通花园住宅餐厅

百通花园住宅阁楼空间 2

澳门花园复式住宅客厅 2

澳门花园复式住宅客厅 1

曲照军设计作品

花园小复式住宅客厅

黄岛开发区复式住宅客厅

曲照军设计作品

山东大学研究生基地教研室

山东大学研究生基地风味餐厅

曲照军设计作品

曲照军设计作品 崂山旅游开发公司办公楼大厅

曲照军出版发表的资料

SHI MINGJUN

施明军

罗源会所外观

罗源会所大堂

罗源会所标准套房

罗源会所总统套房

施明军

IFDA 国际室内装饰设计协会

国际专业资深会员

IARI 国际注册高级室内设计师

中国建筑学会室内设计分会会员

中国注册室内建筑师、工程师

福建省优秀室内设计师

福建省建筑装饰协会颁发

福建省优秀室内建筑师

中国建筑学会第八专业委员会颁发

福建国广一叶建筑装饰设计工程有限公司

GGH 酒店设计事务所

执行总监、项目设计师

　　西方的激情与东方的优雅在这里融汇，并彰显彼此的个性之美，宛如红酒与旗袍，阳光与细雨，沙滩与梧桐，舒适与精致……

　　一切都那么迷人，让人陶醉。

　　代表作品：2003 年中国沈阳大酒店（五星级）、2004 年福建荔景大酒店（四星级）、2005 年武夷山莎海假日大酒店（四星级）、2005 厦门大学漳州校区报告厅、2005 年福建罗源会所、2005 年漳州博文图书文化有限公司、2005 年福建凯捷集团 2005 年福州移动全球通广场营业厅、2006 年福建省科技馆等。

　　获得荣誉：多项作品在中国室内设计大赛、海峡两岸三地室内设计大赛、福建省建筑装饰设计大赛中获奖；福建荔景大酒店入编《2004 年中国室内设计大赛优秀作品集》、《第二届中国家居设计大赛作品集》，福州移动全球通广场营业厅入编《中国室内设计年刊》第八期；在 2004 年荣获福建省建筑装饰协会颁发的"年度福建省优秀室内设计师"奖，在 2005 年荣获中国建筑学会第八专业委员会颁发的"年度福建省优秀室内建筑师"奖；2006 年荣获美国国际认证与注册协会（IARI）注册高级室内设计师职业资格证书。

WANG JIANGUO

王 建 国

王建国，1962年生。1989年毕业于中央工艺美术学院室内设计专业。1989年至1999年在国防科工委设计总院从事室内设计工作。1999年至2003年在总装备部任职。2003年至今在清华工美环境艺术设计所工作。

太阳岛宾馆咖啡厅方案图

王建国担任总设计或参与设计的工程项目主要有：阿尔及利亚军官俱乐部，中国航天城指控中心，中国儿童艺术剧院，北京市老干部活动中心，北京太阳岛宾馆，酒泉卫星发射中心神舟五号配套工程贵宾楼，神舟五号返回及杨利伟雕塑等。其中北京太阳岛宾馆位于北京石景山区西长安街，是北京惟一的西班牙式建筑，室内设计与建筑为统一风格，被列为北京市石景山区景观建筑。酒泉卫星发射中心神舟五号配套工程贵宾楼，是专供载人航天员及有关首长休息的，其设计以西部沙漠风情人文地域为烘托，表现空间内涵。

太阳岛宾馆大堂方案图

太阳岛宾馆大堂浮雕局部实景

WANG LU

王 璐

法国纯巴洛克式古典风格在中国——北京拉斐特城堡公园

☆ 中法文化交流年项目、2008北京奥运会配套项目

☆ 五星级度假酒店、占地 3900 亩、建筑面积 3 万平方米

☆ 北京市昌平区北七家镇

与法国皇家凡尔赛宫专家、装饰结构设计大师让·黑米在一起研究方案

王璐，1965 年 12 月出生，籍贯天津市，现居北京。1991 年毕业于天津美术学院装潢设计系获学士学位，1996 年中央工艺美术学院室内环艺方向研修班结业，1997 年清华大学建筑学院 PC 辅助建筑设计建筑物理方向研修班结业。系中国建筑学会室内设计分会（CIID）高级室内建筑师，中国建筑装饰协会（CBDA）高级室内建筑师，国际室内建筑师／设计师、联盟（IFI）高级室内建筑师。北京科技职业学院艺术设计系（客座）副教授,清华大学建筑学院建筑科技研究所、物理检测设计中心顾问、中筑通美设计工程咨询(CBTM)负责人。

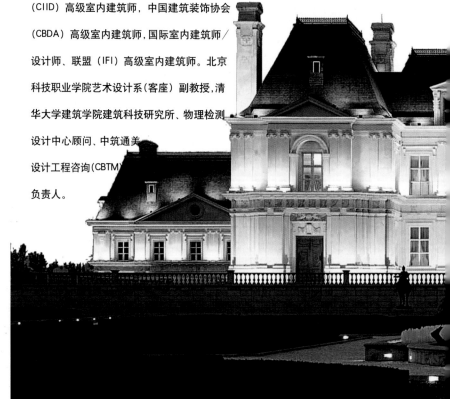

他有10年建筑装饰工程承包商经历（设计，监理，施工，管理），2003年至2005年师从欧洲古典建筑（巴洛克）专家、艺术大师刘培荣教授，法国皇家凡尔赛宫专家、装饰结构设计大师Jean R'emy（让·黑米），法国著名室内装饰设计大师Armand N'evot（阿尔芒·内吾特），法国建筑、景观设计大师 R'emy（嗨米），法国建筑室内陈设艺术顾问克洛德。他是北京拉斐特城堡公园（天伦王朝国际五星级度假酒店）首席室内建筑师。参与设计了人民大会堂海南厅、国家进出口商检局、中纺进出口公司、北京丽华饭店、农总行、京湘宾馆、长沙国际金融中心；主持设计了江苏盛信电缆集团综合大楼、景观、规划及CI企业识别（已注册），北

京上地休闲俱乐部（国家一级餐饮,娱乐业）、德国圣象制造集团北京展厅，北京地区二百多项中高档家居（公寓，别墅）装饰工程，神州数码北方国信写字楼，国务院中国国发投资集团，中国嵩海实业青岛公司综合大楼，

1991年他的毕业设计梅、兰、竹、菊果酒装璜获首届国货食品博览会金奖。2003年首次参赛作品工程类《北京上地休闲俱乐部》入选中国室内设计大奖赛优秀作品集。荣获中国建筑学会室内设计分会CIID（1989—2004）全国百名优秀室内建筑师荣誉称号；荣获中国建筑装饰协会（CBDA）全国杰出中青年室内建筑师荣誉称号。获得2006年2月由美国室内设计中文版（CIID）会刊颁发的优秀作品奖。

WANG ZHAOMING

王 兆 明

王兆明，1963年出生于哈尔滨，先后毕业于河北工艺美术学校雕塑专业、哈尔滨师范大学、中央工艺美院环艺设计研修班。现任职于黑龙江建筑职业技术学院建筑与城规系，建筑师、高工、中国建筑学会室内设计分会专家评委及理事、黑龙江建筑装饰专业委员会主任及专家评委、哈尔滨唯美源装饰设计有限公司负责人、唯美环艺设计学校负责人。曾获得"全国百名优秀室内建筑师"、"杰出中青年室内建筑师"、"中国室内十大封面人物"、"2004年度优秀设计师称号"。

大连古夫塔·现代粗粮餐厅

2004年唯美源公司被室内设计学会评定为"中国十佳室内设计企业"、2005年荣获IAID地产景观类和商业建筑类最具影响力建筑装饰设计机构。其竣工作品"女王SPA梦幻生活馆"荣获2003年亚太地区室内设计大赛商业组冠军奖及2003年中国室内设计大奖赛公共空间类二等奖；作品"某酒吧"荣获首届中国室内设计手绘表现图大赛金奖。

光谱女子美容水疗馆

王兆明作品欣赏

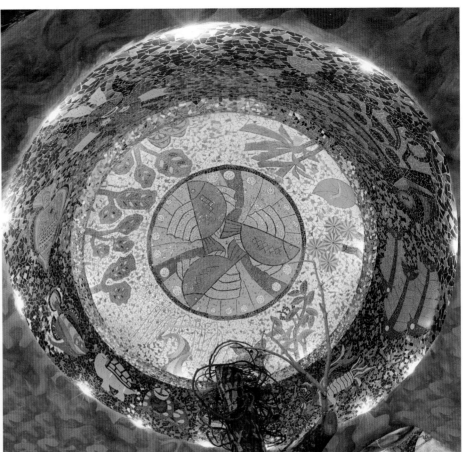

WU ZONGXUN
吴 宗 勋

吴宗勋（台湾省），全国百名优秀室内建筑师，高级室内建筑师，宁波市富华建筑装饰有限公司设计顾问，羽天国际（香港）设计机构。

富华

吴宗勋与翁世军携手合作7年，带领富华设计团队为沪、杭等地近三百位客户共完成349项公共装饰设计项目，设计作品先后在《当代设计》、《中国室内》、《建筑技术及设计》、《装饰》、《室内建筑》和《ID+C》等海内外著名室内设计期刊上发表；

富华

富华

2004年第八届"华耐杯"中国室内大赛中荣获2项大奖，3项作品入选《2004年中国优秀室内设计作品集》；2004年中国建筑装饰协会"创造灵性空间"东鹏杯全国设计大奖赛，设计作品荣获"最具创意奖"；宁波市2004年室内设计比赛中又有8项作品分获金、银、铜及优秀奖。2005年第九届"华耐杯"中国室内大赛中荣获3项大奖；2005年"箭牌杯"全国卫浴空间及产品设计大奖赛宁波赛区3个方案分别荣获一、二、三等奖，并有1个方案荣获全国赛区二等奖。

富华

富华

富华

富华

WENG SHIJUN

翁世军

富华

富华

翁世军，全国百名优秀室内建筑师，高级室内建筑师。宁波市富华建筑装饰有限公司总经理，羽天国际（香港）设计机构。

　　翁世军与吴宗勋携手合作7年，带领富华设计团队为沪、杭等地近三百位客户完成349项公共装饰设计项目。设计作品先后在《当代设计》、《中国室内》、《建筑技术及设计》、《装饰》、《室内建筑》和《ID+C》等海内外著名室内设计期刊上发表；2004年第八届"华耐杯"中国室内大赛中荣获2项大奖，3项作品入选《2004年中国优秀室内设计作品集》；2004年中国建筑装饰协会"创造灵性空间——'东鹏杯'"全国设计大奖赛，设计作品荣获"最具创意奖"；宁波市2004年室内设计比赛中又有8项作品分获金、银、铜及优秀奖。2005年第九届"华耐杯"中国室内大赛中荣获3项大奖；2005年"箭牌杯"全国卫浴空间及产品设计大奖赛宁波赛区3个方案分别荣获一、二、三等奖，并有1个方案荣获全国赛区二等奖。

ZHOU JI
周 际

周际,高级室内建筑师,全国杰出中青年室内建筑师。1986年中央工艺美术学院染织系进修,1988年郑州轻工业学院艺术系学习,1992年深圳永丰装饰设计工程公司首席室内设计师,2000年创办深圳市图人设计有限公司。中国建筑学会室内设计分会会员,中国建筑学会室内设计分会第三专业委员会委员,深圳市装饰行业专家库成员,深圳市室内设计师协会常务理事,深圳市图人设计有限公司董事长、首席室内设计师。

宁波开发区管委会行政中心局部

　　周际2005年荣获中国室内设计十大年度封面人物,2005年被评为全国最具影响力的中青年室内建筑师,2005年获IFI首届国际室内设计大赛暨中国室内设计大奖赛2项二等奖、1项三等奖,2004年获第一届海峡两岸三地室内设计大奖赛公共建筑室内设计工程案例作品12项一等奖、2项三等奖及优秀奖和最佳手绘奖,2004年获"华耐杯"中国室内设计大奖赛公共建筑工程类、方案类2项优秀奖、1项佳作奖。2004年获"中国第五届室内设计双年展"1项银奖,3项铜奖,2004年被全国百名优秀室内建筑师评审组委会评为"全国百名优秀室内建筑师",2004年被中装协(中国建筑装饰协会)评为"全国杰出中青年室内建筑师",2003年获"华耐杯"中国室内设计大奖赛公共建筑工程类、方案类2项优秀奖,2002年获全国第四届室内设计大展三等奖,2001年获中国室内设计大奖赛暨"巴斯夫杯"室内设计大赛三等奖。

宁波开发区管委会行政中心

办公大厅

礼仪大厅

礼仪大厅

周际的作品2005年《新型行政办公空间》发表在《现代装饰》第11期，《周际作品》发表在《中国装饰报》第11期，《现代办公空间》发表在《中国建筑装饰装修》。2004年《人性空间的自然形态》发表在《现代装饰》第7期，《鞍山市国际会议中心》发表在《室内ID+C.设计与装修》第127期，《写生.设计》由天津大学出版社出版。2003年《当代建筑与室内设计师精品系列——周际室内设计》由天津大学出版社出版。2002年新疆华凌大饭店／深圳市国税大楼《装饰设计前沿作品》由海天出版社出版，《信息产业部邮电设计院设计科研楼》发表在《室内动态》（第三卷），《办公空间现代风格的演绎》发表在《现代装饰》第54期。2001年《安徽省邮电通信调度中心》发表在《室内ID+C.设计与装修》第80期 。

礼仪大厅

接待室

YI SHA
易 沙

易沙参与了许多重大项目的设计工作，其设计作品在国际设计大赛中先后荣获：负责设计宁波大剧院项目，荣获"2004年中国室内设计大赛优秀奖"、"深圳市第六届装饰设计作品展（公装）二等奖"；浙江宾馆荣获"2005年中国室内设计大奖赛佳作奖"；深圳市民中心荣获"深圳市2002年建筑装饰设计作品展一等奖"；国家电力总办公大楼荣获"2002亚太区室内设计大奖荣誉奖、深圳市2002年建筑装饰设计作品展一等奖"；天津市"975"工程荣获"2002年中国室内设计大奖赛佳作奖"；安徽电力调度大楼荣获"深圳市第六届装饰设计作品展佳作奖"等。

易沙先后到欧洲、日本、东南亚等地考察室内设计，不断汲取国内外的建筑精髓和先进理念。在《亚太经济联合会会刊》、《中国建筑装饰装修》、《现代装饰》、《2003年首届全国建筑装饰行业优秀科技论文集》等杂志上发表了很多学术论文。

易沙，高级室内建筑师。荣获IAID最具影响力中青年设计师，杰出中青年室内建筑师，深圳市十大室内设计师，2005年中国室内设计佳作奖，2004年中国室内设计优秀奖，深圳市2002年建筑装饰设计作品展公共建筑室内设计一等奖，深圳市第六届装饰设计作品展公共建筑室内装饰二等奖。

国家电力总公司

国家电力总公司办公室

YANG BANGSHENG

杨 邦 胜

大堂吧

深圳百合酒店大堂

北京南彩春天温泉度假村

北京南彩春天温泉度假村

杨邦胜，深圳市洪涛装饰工程有限公司建筑装饰设计院任院长兼酒店设计所设计总监。2005年荣获中国装饰协会评选的"IAID最具影响力的中青年设计师"。2005年荣获中国饭店协会、中国建筑装饰协会评选的"全国十名2005最佳酒店设计师"。2004年中国建筑装饰协会评为"全国杰出中青年室内建筑师"。2004年荣获中国建筑装饰协会评选的"全国百名优秀室内建筑师"。

　　杨邦胜作品"南彩春天温泉度假村酒店"2005年荣获IFI国际室内建筑师设计师联盟暨中国建筑学会室内设计分会"2005年中国室内设计大奖赛酒店类一等奖"。蝉联美国《室内设计》中文版、中国建筑学会室内设计分会联合评选的"2005中国室内设计十大年度封面人物"，作为大陆唯一室内设计师入选《时尚先生》杂志"2005时尚先生"的26位候选人。"顺德仙泉酒店"荣获中国饭店协会、中国建筑装饰协会评选的"2005年度中国最佳酒店设计作品"，2004年荣获首届美国《室内设计》中文版、中国建筑学会室内设计分会联合评选的"2004中国室内设计十大年度封面人物"，荣获中国饭店协会、中国建筑装饰协会评选的"2004最佳饭店室内设计师"。作品"西安唐城宾馆大堂改造"、"深圳圣廷苑酒店"荣获中国饭店协会、中国建筑装饰协会评选的"2004年度最佳饭店设计作品"；作品"顺德仙泉酒店"荣获中国建筑协会室内设计分会"2004年中国室内设计大奖赛"三等奖。2003年作品"北京海天凰宫大酒店"获华耐杯"2003年中国室内设计大奖赛二等奖"。2002年作品"深圳圣廷苑酒店"获"亚太区室内设计大奖赛"酒店类金奖，"宁波华侨饭店"获中国青岛第一届国际设计节酒店设计类大奖，"西安唐城宾馆"获中国装饰协会评选的"全国第三届室内设计大展"金奖，"桂林漓江饭店"方案设计获"史丹利"杯"2002年中国室内设计大奖赛"三等奖。

YANG HUI
杨 辉

杨辉，1993年毕业于福建师大美术系装潢设计专业。室内建筑师，CIID设计协会会员，中国建筑学会室内设计分会第八委员会副秘书长、理事。2005年第二届海峡两岸四地室内设计大赛福建省优秀室内建筑设计师。1999年至2001年参加福建师大美术系本科函授油画专业，2001年至今创办福州创意未来装饰设计有限公司。

金山明珠18号401室

金山明珠18号401室

金山明珠18号401室

　　杨辉1993年至2001年9月从事室内设计。其作品2004年3月获福建省第二届室内设计大赛二等奖。2004年8月获"安润福杯"海峡两岸三地室内设计大奖赛优秀奖、三等奖及最佳手绘奖。2004年10月获"博洛尼杯"中国室内设计手绘表现图大赛优秀奖。2005年8月获"L&D"杯海峡两岸四地室内设计大奖赛一等奖。2005年12月获"2005设计·生活·卫浴空间——箭牌杯.全国卫浴空间及产品设计大奖赛"卫浴空间设计基本类三等奖。2006年3月获"喜盈门"杯首届福建省家居设计大赛二等奖。

杨 冰

杨 冰 中国建筑学会室内设计学会会员/第三专业委员会委员
高级室内建筑师
1987~1991年就读于重庆建筑工程学院建筑学专业
获 奖 1997年彩虹大厦写字楼室内设计获中国建筑学会室内建筑师学会优秀奖
1997年北京城市宾馆改造设计获中国建筑学会室内建筑师学会佳作奖
1997年北京新侨饭店室内设计获文化部中国当代艺术设计展'97当代艺术设计奖
2005年获中国建筑学会室内设计分会全国百佳优秀设计师称号
论 著 《星级酒店客房的装修设计》（1994年科学出版社《新空间》）
《以人为本回归自然的居室设计》（《室内设计》1998-03）
《办公室设计》（1998年计划出版社《亚洲室内》）
《从企业文化的本源出发》（《室内设计与装修》2001-01）
《理性设计深圳益田名园样板房》（《室内设计与装修》2002-04）
《易学智慧的设计表达》（《室内设计与装修》2002-10）
《地铁站内降噪措施和吸声材料》（2003年室内设计年会《论文集》）
《当代建筑与室内设计师精品系列杨冰专辑》（2003年天津大学出版社）
《从内到外、室内先行住宅建筑深化设计的方法》（建工出版社《住区》2005-01）
《单身公寓中的工作室》（建工出版社《住区》2005-01）
《地铁建筑室内设计》（2005年建工出版社）
风 格 生活艺术化、艺术生活化、室内空间建筑化

▲ 星河世纪售楼处

山海轩 ▶

▼ 原来生活家居广场

XU FANGWAN

徐 访 皖

徐访皖，出生于1971年。1994年毕业于上海同济大学建筑系室内设计专业。现任上海现代建筑装饰环境设计研究院有限公司室内四所所长。高级室内建筑师副主任工程师。

上海市委党校

　　徐访皖主要作品有：1998年上海申花足球总会。1999年上海老干部活动中心（青松城），上海工商行政管理局大楼。1997年上海烟草集团中华园大酒店，上海伟龙国际会务中心。1999-2002年交通银行总部、交银金融大厦。1999年上海国家税务局。1997-2001年上海国际海员俱乐部（海鸥饭店）。2000-2001年上海新客站南立面改造。2002年上海新客站候车厅改造。2003年上海黄浦区区政府。2001-2003年中共上海市委党校行政楼改造。2002-2003年西安电信局改建。2003年常州火车站改建。2003年张江大厦。2004年中国浦东干部学院。

浦东干部学校

　　徐访皖文章《品味常州火车站设内设计》发表于《现代建筑技术》,《精英摇篮》发表于《室内设计与装修》。1998年作品"青松城"获新西兰羊毛局中国室内大奖赛大奖,1999年科勒"敢性视野"大奖赛华东地区优胜奖,2003年"中共市委党校行政楼"获优秀石材装饰工程建筑外装饰类金石奖,2004年"上海铁路新客站改造"荣获 2004上海市第二届室内设计大赛暨首届"红星美凯龙杯"优秀奖。获现代集团"现代青年突击手"、"浦东新区重点立功竞赛记功个人"及由中国建筑学会室内设计分会颁发"的全国百名优秀室内建筑师"等荣誉称号。

常州火车站

XU FANG

徐 放

徐放，1959年出生于浙江。就读于中央工艺美术学院，1983年、1986年分别获得设计学士和硕士学位，并留校任讲师。后赴澳大利亚，师从世界著名的堪培拉城市设计／研究专家罗杰·培格罗姆教授。受聘澳大利亚格里菲斯大学艺术学院，担任教授大学艺术系核心课程／研究生导师，开始城市设计的博士课题研究。徐放教授具有二十多年国际和国内的教学与设计经验。他的专业领域跨越了城市设计、建筑、室内和景观设计的多个学科，获得过多项国际、国内不同学科的设计奖项。现为清华大学美术学院客座教授，澳大利亚名校新南威尔士大学亚洲校区设计系系主任，北京六合大景建筑工程设计咨询有限公司合伙人。

交通银行温州分行总部建筑和室内设计

澳大利亚布里斯本市政府厅博物馆设计

温州新城中心区世纪广场设计

澳大利亚布里斯本市中国城更新改造设计

交通银行温州分行总部建筑和室内设计

交行广场景观设计

温州五马商业街更新改造设计

浦江塔山公园景观设计

澳珀家俱总部建筑设计

XU LEI

徐 雷

徐雷，1969 年生于浙江。1992 年毕业于中央美术学院环境艺术系，获学士学位，留校工作。历任中央工艺美术学院环境艺术设计研究所设计师、主任设计师、设计部主任。参于并主持了百余项重要的建筑、室内和环境景观工程设计项目。多项设计作品被国内外专业期刊、专著书籍收入。同时注重专业研究，赴欧美各国进行专业考察。2004 年 9 月被中国建筑装饰协会认定为中国杰出中青年室内建筑师。现为高级室内设计师，北京六合大景建筑工程设计咨询有限公司合伙人。

北京丰联国际会所多功能厅室内设计　　　　北京丰联 15F 国际俱乐部设计

北京丰联 B1 商业设计

北京丰联 15F 国际俱乐部设计　　　　温州江滨西路江岸环境设计

澳珀家俱总部建筑设计

世纪花园屋顶景观设计

温州江滨西路江岸景观环境设计

东艺鞋业总部建筑设计

交通银行温州分行总部建筑和室内设计

澳珀家俱总部建筑室内设计

XIE ZHIMING

谢 智 明

啡尝左岸 CLUB

谢智明，建筑师。参与完成的项目有宁波市鄞州区国税局办公大楼，中基（宁波）对外贸易股份有限公司办公大楼，广州华骏实业有限公司广州办公大楼，广东溢达纺织集团别墅区，广东佛山人民广播电台数码直播室，中国联通佛山分公司CDMA概念店，中国联通佛山分公司联通办公楼，广东高明地方税务局办公大楼，广东高明财政局办公大楼，广东高明文化局高明市影剧院，广东高明三洲镇政府三洲影剧院及展览馆，广东南海经贸局办公大楼，广东高明人民医院住院楼、医技楼，广东江门市商品检验检疫局办公大楼，桂林市叠彩区政府办公大楼，桂林市翠雾酒店，佛山市"流行前线"商场，绿景华庭第一期样板房，宁波华严街样板房，2004年宁波海景花园会所，佛山同济样板房等。

谢智明2001年获中国室内设计大赛建筑工程类佳作奖，2002年获中国室内设计大赛建筑工程类二等奖、住宅方案类优秀奖，2003年获中国室内设计大赛住宅方案类优秀奖。作品曾入选2001年、2002年《中国室内设计年刊》。个人入选由中国建筑装饰协会主办的中国建筑装饰装修杂志《全国青年室内建筑师介绍》、2004年中国室内设计发展报告——《优秀室内建筑师》、2004年7月《室内Id+c》杂志宁波特刊作品选。2004年底被中国建筑学会室内设计分会授予"百名优秀室内建筑师"。2001年获佛山市室内设计大赛金奖。2005年被邀参加美国"2005国际建筑室内设计邀请展"。

YAN YILUN

严 一 伦

别墅 B 区浴池

别墅 A 区温泉浴池

严一伦专长酒店、办公楼、娱乐及公共环境的设计。他的设计本着以人为本，以情为根，走民族现代文化艺术之路。

作品有昆明飞安飞行员训练中心宾馆（三星）、云南路西烟草宾馆（三星）、银川国际大酒店（四星）、荔园酒店（四星）、安徽宿州公路宾馆（三星）、上海宝安商务酒店（四星）、广州白云宾馆（四星）、景田国际大酒店（三星）、江西南昌龙泉酒店（五星）（获第二届海峡两岸室内设计优秀奖）、昆明飞安飞行员训练中心、福田区保税区培训中心、云南烟草会议中心、国泰证券红岭营业厅、柳州中级人民法院（获深圳市装协优秀设计奖）、南京市中级人民法院、郑州市中级人民法院、青岛中级人民法院、飞亚达科技工业园大厦（获第一届海峡两岸室内设计优秀奖）、云南中国电信关上机楼、常德电力大厦、怀化市广电中心大楼（获第二届海峡两岸室内设计优秀奖）、富士康RD中心（获第二届海峡两岸室内设计三等奖，首届中国室内设计艺术观摩展优秀奖）、茂名学院图书馆、学院礼堂及梯级教室、歙县国税局大楼、兰州中川机场出港大厅、重庆丰都客运车站、深圳宝安新安湖公园大家乐园、宝安新城广场、山东潍坊高新科技园科技大厦、贵州省电力公司展示中心（获市室内、幕墙佳作设计奖）、长沙烟厂展览厅、深圳市美术馆、东方时尚购物广场、南昌市第一百货商场、深圳深联医院、江西南昌市第一人民医院住院部、盐田疗养院、沈阳亨利达娱乐城、东莞沿海丽水佳园银滩别墅样板房（获第二届海峡两岸室内设计一等奖）。2006Interior Design China 酒店设计奖中荣获优秀奖。

严一伦，高级室内建筑师；全国百名优秀室内建筑师；全国有成就资深室内建筑师；中国建筑装饰行业协会专家库成员；深圳市装饰行业协会专家库成员；中国建筑学会室内设计分会第三（深圳）专业委员会常务委员；中国建筑装饰协会会员；IFI国际室内建筑师／设计师联盟会员。

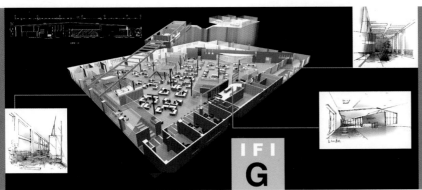

特色浴

ZHANG LIANG

张 梁

张梁，1968年出生于湖南省醴陵市，1993年毕业于中央工艺美术学院，同年7月分配到广东肇庆西江大学任教，1995年7月应聘于深圳洪涛装饰工程有限公司，现任该公司设计院副院长兼设计二所所长。

中国银行

中国人寿大厦

内蒙古新城国际中心

人民大会堂国宴厅

XUE WEIBIN

薛 伟 斌

薛伟斌设计作品欣赏

ZHANG YIMING

张乙明

张乙明,1988—1992年在哈尔滨建筑工程学院建筑系学习,1992—2003年任哈尔滨工业大学建筑学院讲师。现任黑龙江国光建筑装饰工程有限公司设计总监,黑龙江省建筑装饰专家委员会专家。

视角一

　　张乙明在十余年的工作经历中,一贯奉行教学与实践相结合的原则,努力充实自己的理论素养,并使之更好地运用到建筑装饰实际工程设计中。由于受到城市设计与建筑学系统教育的影响,他深悟到建筑装饰设计不能忽视历史,更不能脱离现实,如何处理好功能合理性(包含平面布局、科学地运用新材料、新工艺及其它相关专业的有机结合)与形式美学的辩证关系,是建筑装饰设计人员的首要任务。

　　张乙明主持或参与设计的三十余项大型建筑装饰工程中,多次获得国家及省市装饰设计奖项,并普遍赢得业内人士的好评,2004年荣获全国百名优秀室内建筑师称号。

音乐厅方案

科技竞赛展厅

吉林政协

楼梯

门厅方案一

YANG YONGWANG

杨永旺

杨永旺，高级室内建筑师，全国百名优秀室内建筑师，中国建筑学会室内设计分会专家委员会委员，中国建筑学会室内设计分会第二十五专业委员会副主任，新疆建筑业协会理事，新疆勘察设计协会会员，新疆乌鲁木齐市建筑装饰协会常务理事，新疆乌鲁木齐建筑业协会会员，新疆新海装饰工程有限公司总经理，新疆新海建筑装饰设计院总经理。

新疆迎宾馆

礼堂休息室

三号楼会议室

四号楼二层休息厅

四号楼接待室

　　杨永旺设计专长于宾馆、酒店类设计，娱乐类设计，公共办公类设计。他认为无论涉及地域或民族的室内空间设计都不是纯历史的还原，真正意义上的设计有着历史的再造性，体现时代特征和设计师的性格，在当代空间设计的肌体里，流淌着古人文化的血液，要的是灵魂。表面上的照搬，就没有设计。

　　杨永旺作品"新疆新海装饰工程公司总部"发表在 2001 年《中国室内设计年刊》（中国建筑协会室内分会主办）第四期；2003 年"新疆陆军学院"在《中国室内设计年刊》（中国建筑协会室内分会主办）第六期（方案增刊）发表；2001年获得新疆维吾尔自治区新世纪西部建筑装饰艺术展一等奖；2004年获得中国建

新疆佳信庄园

筑协会室内设计分会"全国百名优秀室内建筑师"荣誉称号；2005年8月作品"佳信庄园"被中国建筑协会室内设计分会第二十五专业委员会评为"2005年度最佳工程设计作品奖"；2005年9月作品"独山子玛依塔柯宾馆"被评为"2005年中国西北室内设计大赛"公共工程类优秀奖；2005年9月作品"新疆迎宾馆"被评为"2005年中国西北室内设计大赛"公共方案类三等奖；2005年10月作品"新疆玛依塔柯设计方案"被评为2005年"华耐杯"中国室内设计大赛入围作品；2005年10月作品"新疆电信佳信庄园"获得2005年"华耐杯"中国室内设计大赛酒店、宾馆工程类优秀奖；2005年10月作品"新疆电信佳信庄园"荣获IFI（国际室内建筑师／设计师联盟）室内设计大赛酒店、宾馆工程类优秀奖。

吧台

餐厅包厢

餐厅小包

舞厅局部

大堂

餐厅

SUN HUAFENG
孙 华 锋

连云港广电大厦

连云港广电大厦

孙华锋，出生于1970年，室内设计硕士，高级室内建筑师。中国建筑学会室内设计分会理事，第十五专业委员会副主任，上海金典设计公司负责人，河南键通装饰设计有限公司设计总监。

连云港广电大厦

连云港广电大厦

　　孙华锋2004年被评为全国百名优秀室内建筑师，获2004华耐杯中国室内设计大赛佳作奖，2002中国室内设计大奖银奖，2000中国室内设计大奖银奖。主要作品有宁波九峰山建国宾馆，上海陕西大厦，启东名都大酒店，上海金桥碧云花园样板间及售楼部，上海古北强生花园样板间，郑州晚报大厦，连云港广电大厦，连云港江风渔馆，南通人防酒店。

连云港江风渔馆

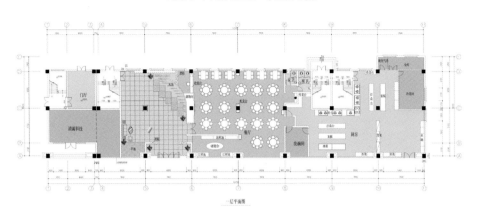

YINCHUNLIN
尹 春 林

连云港金色年华KTV

尹春林，美国美联大学
环境艺术硕士，上海理
工大学艺术系，中国建
筑学会室内设计分会会
员，上海Y&S室内建筑
事务所。

尹春林2005年获全国室内设计大赛三等奖，2004年被评为全国百名优秀室
内建筑师，2004年获中国室内设计大赛佳作奖（上海市农恳博物馆），2004年获
中国第五届室内设计双年展优秀奖，2003年获亚太室内设计大奖赛荣誉奖，2003
年获"亿佳园杯"住宅设计大赛特等奖、一等奖，2003年获中国室内设计大赛优
秀奖，2002年获中国室内设计大赛佳作奖。

尹春林设计作品 家居设计

ZHANG YANG

张 扬

张扬作为设计主持人完成的工程有烟台房地产交易中心，威海外运办公楼，北京大学留学生与专家公寓，中央人民政府驻香港联络办公室会客室，万寿路老干部活动中心，北大科技发展中心二期，大连软件园8、9、10、11号楼，北京大学中关园留学生公寓园区项目。作为专业负责人他完成的工程有北京大学百年讲堂纪念大厅及四季庭院，全国政协专委委员办公楼。作为主要设计人参与的项目有敦豪快运中国总部，中国民生银行支行营业部，西藏自治区政协礼堂，中国移动总部办公楼，通州国际售楼处会所。

张扬作为工种负责人的北京大学百年讲堂纪念大厅及四季庭院获改革开放二十年建筑装饰行业发展成就展二等奖、2002年北京市第三届建筑装饰成就展优秀建筑装饰设计奖。作为设计参加人的中国移动总部办公楼获"巴斯夫杯"亚太地区室内设计大赛一等奖；通州国际售楼处会所获英国皇家建筑师协会 DIVERSECITY 国际竞赛中国站优胜者第一名。作为设计主持人的万寿路老干部活动中心获 2004年"华耐杯"中国室内设计大奖赛入围作品。作为设计主持人大连软件园9号楼获中国建筑设计研究院2004年工程设计奖室内专业二等奖、2005年中国室内设计大奖赛优秀奖。著有《工业化设计和设计工业化》发表在《室内设计学会年会论文集》并入选《中国建筑设计研究院成立五十周年纪念丛书1952-2002论文篇》，《北京万寿路老干部活动中心》发表在《中国建筑装饰装修》。

张扬，出生于1975年。1999年毕业于哈尔滨建筑大学建筑系环境艺术设计专业，获学士学位。同年分配至北京筑邦建筑装饰工程有限公司，历任设计师、设计二室主任。现在中国建筑设计研究院环艺院室内所任副所长。被1989-2004年"全国百名优秀室内建筑师"、"北京市建筑装饰优秀设计师"、"IDIA最具影响力中青年设计师"。

ZENG QIURONG

曾秋荣

曾秋荣，广州华地组环境艺术设计有限公司董事、总设计师。中国建筑学会室内设计分会理事、专家委员会委员、广州专业委员会委员、IFI专业会员。2004年荣获"全国百名优秀室内建筑师"称号（CIID），2004年荣获"全国杰出中青年室内建筑师"称号（CBDA），2004年荣获"广州十大最具影响力室内设计师" 称号，2003年"现代装饰年度优秀室内设计师"称号。

曾秋荣2005年被评为"中国第二代室内设计师最具代表性人物"，2005年首届中国室内设计艺术观摩展作品评选中荣获"十大最具观摩展示奖"，2005年获现代装饰（国际）年度传媒奖，获"2004年度优秀设计师"荣誉奖，2003年获国际设计大赛金奖，2002获年亚太区室内设计大奖赛会所组别冠军奖，2001年至2005年多次荣获中国室内设计大赛奖项。

ZHAO HONG

赵 虹

北京 Ritz Carlton 酒店

赵虹，出生于1966年4月。1989年北京建筑工程学院建筑系建筑学专业本科毕业至建设部建筑设计院工作。现任中国建筑设计研究院室内设计研究所主任建筑师，兼任北京筑邦建筑装饰工程有限公司总建筑师。中国建筑装饰协会评选为杰出中青年室内建筑师。中国建筑学会室内建筑师分会全国百名优秀室内建筑师评审组委会评选为全国百名优秀室内建筑设计师。中国建筑装饰协会评选为IAID中国最具影响力室内设计师。

赵虹作为室内设计主持人完成了"国家环保局办公楼(1995)"，"文化部办公楼(1996)"，"国家林业局办公楼(1997)"，"北京十月大厦酒店(1998)"，"北京西城区政府会议楼(1999)"，"中外运敦豪公司总部(2000)"，"北京华普大厦公寓及会所(2001)"，"北京珠江国际城售楼处会所(2003)"，"唐山华联商厦(2003)"，"商务部出口大楼室内设计(2004)"，"石家庄筑业高新国际大厦室内设计 (2005)"等工程。

他作为室内设计审核人审核项目有北京西环广场办公楼（2005），外研社大兴培训基地（2005），清华工美学院楼室内施工图设计（2005），北京海赋大厦国家水利局办公楼室内设计（2005）。

赵虹作品"珠江国际城售楼处会所"获2004亚太区室内设计大奖赛会所类荣誉奖、香港室内设计协会（IDA）组办亚太区室内设计大奖（APIDA）。获中国室内装饰协会主办中国第五届室内设计双年展金奖。2003年中国建筑装饰协会全国商用空间设计大奖赛二等奖。"中国人寿大厦"获2003年北京市规划委员会北京市第十一届优秀工程设计项目评选一等奖。"文化部办公楼室内设计"获1999年北京市勘察设计协会北京市建筑装饰协会主办北京市第二届建筑装饰成就展览会优秀建筑装饰设计奖。"欧神诺杯"瓷砖设计应用款式花色大奖赛 银奖。"中国再保险办公楼室内方案设计"获2003年中国建筑学会室内设计分会中国室内设计大奖赛三等奖。

珠江国际城局部

珠江国际城楼梯

珠江国际城大堂

珠江国际城大堂

ZHANG HUI

张 晖

张晖，1970年出生于山东蓬莱。1996年6月毕业于清华大学美术学院（原中央工艺美术学院）环境艺术设计系，同年进入该院参加工作。1997年成为中国建筑师学会室内分会会员。2000年取得建筑师任职资格。1999年室内所与公司合并进入院筑邦公司工作任总经理助理、设计三室主任等职务。

二层大堂

  2003年张晖返回设计院工作，任职中国建筑设计研究院环境设计院工种负责人。北京筑邦建筑装饰工程有限公司设计工作室主任。

  张晖在2004年"山东乳山城市规划设计展示中心"被评为中国室内建筑师学会优秀设计方案。1998年参加设计"海南省海南会议中心"获得海南省优秀设计奖。2002年主持设计的"中国移动通信办公楼"获得"巴斯夫杯"国际室内设计大奖赛金奖。2003年主持设计的"嘉寓集团办公楼建筑设计及室内设计"获得"赛夫纶杯"亚太地区室内设计国际大奖赛金奖。2004年被中国建筑师学会室内设计分会评为"全国百名优秀室内建筑师"。2004年被中国建筑装饰协会评为优秀设计师。

  张晖参与设计了中国移动指挥中心办公楼、北京远洋大厦（中远集团办公大楼）、唐山新华大厦（酒店）、中科证券名人广场办公楼、山东乳山城市规划展览中心、中共威海市委党校、山东威海梦海剧院、中国民航总部办公楼（工种负责人）、南海文化中心（工种负责人）、中国住刚果大使馆（工总负责人）、海瑞广场（海南省委办公大楼）、金融街B1（保监会办公楼）、金融街B10（大

乳山市城市规划展览中心

阅览室

盥洗间方案

唐电力办公楼）。其作品多次入选《中国室内设计年鉴》中。他的"移动通讯集团办公楼室内设计"在《HINGE》—design in eocus 杂志（香港出版）发表。先后出版发表的论文文章《关于隔断设计建议》、《室内陈设设计的种类》等文章，并被收入《室内设计论文专集》中。他在 2001 年被收入《中国室内设计师年鉴》中。"移动通讯办公楼室内设计"发表在《中国建筑装饰装修》上。"2004年名人广场办公楼"刊登在《中国建筑师学会成立十五周年纪念特刊》上。2004年撰写的《设计的趋势正在把"生活"和"工作"合二为一激动的环境里更好地工作》一文，刊登在《中国建筑技术与设计》上。2004年"山东乳山城市规划设计展示中心"被评为中国室内建筑师学会优秀设计方案。

八层多功能厅

四层开敞办公空间

ZHANG MINGLAI

张 明 来

张明来，1966年3月出生于江苏南京。1990年毕业于西南交大建筑系建筑学专业，获学士学位。1996年毕业于中央工艺美院环境艺术专业，获硕士学位。2004年获中国室内设计师学会评选的"全国百名优秀室内设计师"称号，2004年获中国建筑装饰协会评选的"杰出中青年室内建筑师"称号，2005年获中国建筑装饰协会评选的"全国优秀室内设计师"称号。

山西晋祠宾馆

张明来自1990年以来，从事建筑设计、室内设计、景观设计等工作。遵循着建筑设计的原则与造型艺术的原则相融合，将技术与艺术两者相结合。他参与的项目有：福州长乐机场（1996年），北京广西大厦（1996年），北京国际广播中心（1995年），世纪坛电影厅（1998年），人民大会堂陕西厅（2003年）。主持的项目：石家庄国际大厦改造工程（1994年），青岛九峰陵（1995年），哈尔滨天鹅饭店（1995年），国家电网调度控制中心（1997年），黑龙江驻京办事处（1998年），金玉大厦餐厅（1998年），中央电视台资料馆（1999年），建行东四支行（1999年），望京西园四区中心广场（1999年），望京西园三区中心广场（2000年），望京体育公园广场（2001年），淄博市商业街规划与景观设计（2002年），西安万年饭店（2002年），北京GOGO新世代室内及景观设计（2003年），天津滨海新区体育文化中心规划设计（2003年），山西晋祠宾馆改造（2004年），锡林浩特市蒙元文化苑景观设计（2004年），国风北京景观设计（2005年），山西人民银行培训中心（2005年），呼和浩特华电集团内蒙分公司办公楼（2006年）。

他的论文《材料的颂歌》、《表钟为准而鸣》、《室内设计中心二次建筑设计》、《功能与秩序》发表在专业核心刊物上。

其作品1996年获新西兰羊毛局杯中国室内设计大奖赛优秀奖，1997年2个作品获中国室内设计大奖赛银奖，1999年获科技部与建设部联合颁发的2000年小康示范居住区环境质量金奖。

西安万年饭店大堂

国家电网

ZHANG XUDONG

张 旭 东

张旭东，1962年出生于
哈尔滨，1987年毕业于
中国美术学院环境艺术
系（原浙江美院），1992
年哈尔滨建筑大学硕士
研究生。中国建筑学会
室内设计分会会员，中
国建筑装饰协会会员、
高级工程师。1991年他
的作品"非洲餐厅"入
选《全国建筑画》。1992
年主编《国外小住宅室
内设计资料集》。2004年
全国室内装饰协会双年
展获铜奖、优秀奖。2004
年被授予"全国百名优
秀室内建筑师"。2006年
荣获"中国杰'出中青
年室内建筑师"称号。

密云县检察院

密云县检察院

密云县检察院

检察长会客室

大厅

检察长办公室

健身房

多功能厅

ZHANG YE

张　晔

张晔，出生于1972年。1994年6月毕业于重庆建筑大学建筑学室内设计方向专业，2003年获清华大学建筑学院工程硕士学位。北京筑邦建筑装饰工程有限公司任设计一部主任、主任建筑师、副总建筑师。2003年任中国建筑设计研究院环境艺术设计研究院副总建筑兼室内设计研究所所长。2004年获中国建筑装饰协会评选的"杰出青年室内建筑师"，2004年获"全国百名优秀室内设计师"称号。2004年11月获INTERIOR DESIGN CHINA评选的"2004年中国室内设计师十大封面人物"称号。中国建筑学会室内设计分会会员。

外研社大厦一期三角大厅

雅昌彩印大兰厂房办公室

雅昌彩印大兰厂房办公室

张晔作为室内专业设计主持人完成了多项工程，其中"外研社办公楼一期"获1997年建设部建筑设计院"优秀室内设计一等奖"、1997年新西兰羊毛局中国室内大奖赛"优秀奖"、1997年"长城杯"北京市第二届建筑装饰成就展"优秀建筑设计装饰成就奖"；"外研社办公楼二期"获1999年中国室内大奖赛"优秀奖"2001中国建筑工程装饰金奖、北京市第二届建筑装饰成就展"优秀建筑设计装饰成就奖"、中国改革开放20年建筑成就金奖；"泰达开发区建设工程及房地产交易中心"获2001年中国室内大奖赛暨巴斯夫室内大奖赛"优秀奖"、2000年中国青年室内设计师大赛"优秀奖"；"兴涛会馆"获2001年中国室内大奖赛暨巴斯夫室内大奖赛"二等奖"；"蓝宝国际公寓会所室内设计"获RIBA英皇（英国皇家建筑师协会）活力都市设计竞赛"决赛入围奖"（北京2004）；"威海中信银行"中国改革开放20年建筑成就银奖、1996年建设部建筑设计院"优秀设计一等奖"；"大兴文图馆"获2002中国建筑设计研究院"优秀设计方案二等奖"、获RIBA英皇（英国皇家建筑师协会）活力都市设计竞赛"入围奖"（北京2004）；"清华创新中心"获2003年度建设部部级城乡建设优秀勘察设计"二等奖"、获北京市第十一届优秀工程设计"一等奖"；"北京博城科贸中心综合业务楼"获北京市第十一届优秀工程设计"一等奖"；"北京世界金融中心"获北京市第十一届优秀工程设计"一等奖"；"外研社大兴基地室内精装设计"获2004年华耐杯中国室内设计大奖赛文教卫生类工程"二等奖"；"蓝宝国际公寓会所室内设计"获2004年华耐杯中国室内设计大奖赛文教卫生类方案"优秀奖"、获RIBA英皇（英国皇家建筑师协会）活力都市设计竞赛"十位优秀作品入选奖"（北京2004）参加世界巡展；"北京广播电台业务楼加层室内设计"获2004年华耐杯中国室内设计大奖赛文教卫生工程类"佳作奖"；"雅昌彩印厂办公楼室内设计"获2005年华耐杯中国室内设计大奖赛"办公楼工程类佳作奖"。论文《理解建筑的空间再创造——关于外研社的室内设计》发表在《室内设计与装修》（1999／2）；《建筑空间的再创造》发表在《建筑设计与技术》（1999／6）；《室内设计——建筑空间的再创造》发表在《北京装饰》（1998／8）；《室内设计——建筑空间的再创造》收入《中国建筑师学会室内分会1998年会论文集》；《用结构界面作装饰——外研社二期工程室内设计杂叙》发表在《室内设计与装修》（2000／3）；《天津泰达房交中心》发表在《室内设计与装修》（2001／9）；《整合建筑——北京富凯大厦及中规院办公楼室内设计》发表在《中国建筑装饰装修》（2003／7）；《与建筑专业配合做室内》发表在《建筑报道》（2001／10）；《室内设计对建筑空间环境的整合》收入《清华大学硕士论文》（2003.11）；《从盒子之间到盒子表里》入选中国建筑师学会室内分会《2004年会论文集》中，并被评为2004年度优秀论文。还有多个设计案例在《中国室内设计年刊》发表。

ZHANG XIAOYING
张晓莹

康树亚洲展示中心

张晓莹，MBA，建筑工程师，高级室内建筑师。香港室内设计师学会会员，中国室内建筑师学会理事，成都市建筑装饰设计协会副秘书长，全国杰出中青年室内建筑师，中国百名优秀室内建筑师，多家房地产机构和连锁品牌顾问。香港好世家设计有限公司大陆主持设计师、成都多维设计事务所主持设计师。中国室内设计与装修《ID+C》杂志特约记者。

　　张晓莹擅长结合室内空间和营销理念，首创整合设计理论体系。发表论文主要的有：《海外设计服务方式》（成都装饰1997年12月），《坛城的设计思想和表现形式》（《室内设计与装修》1996年5月），《寺院式建筑装饰艺术的精华》（《室内设计与装修》1997年2月），《色彩——藏式装饰直观的经典运用》（《室内设计与装修》1997年3月），《特性，系统，内涵——建筑装饰的环节》（成都装饰1996年），《大盘房产的营销策划与室内设计关系分析》（MBA专业论文），《复合型人才的融合性扩张》（《装饰市场报》），《与空间对话》（《室内设计与装修》2000年7月），《设计的地位》（《华西都市报》1999年专业论文奖），《现实与距离》（《一周生活》2000年）。

FAN BING

范 斌

天合房产

天合房产

天合房产

演示视

范斌，工程师，女，出生于1968年。1990年毕业于无锡轻工学院工业造型设计专业。系中国室内设计师学会会员。现在西南交大艺术设计系任教，讲授工业造型设计和室内设计专业。

范斌毕业后主要从事室内设计。获成都市第二届家装设计大赛一等奖，成都市建委"十年优秀设计师"。成都市建筑装饰协会理事，法国赖特利砂岩艺术饰件四川地区首席设计。

DONG QIAN
董 千

董千，出生于1969年。1990年毕业于西北建筑工程学院（长安大学），1990年至1992年西安市教育委员会建筑设计所任技术员、助工。1992年至1994年西安市大自然装饰公司任法人代表、设计总监。1994年至1997年西安民生恒伟装饰公司任设计总监。1997年至2003年西安雅筑装饰广告有限公司任设计总监。2003年至今西安翻译职业技术学院艺术设计系任副教授。高级室内建筑师，陕西省土木建筑学会室内建筑师分会常务副理事长，中国建筑学会室内设计分会第五（西安）委员会委员，《全国室内建筑师资格评审培训教材》编委会委员。2004年12月获"全国百位优秀室内建筑师"荣誉称号。

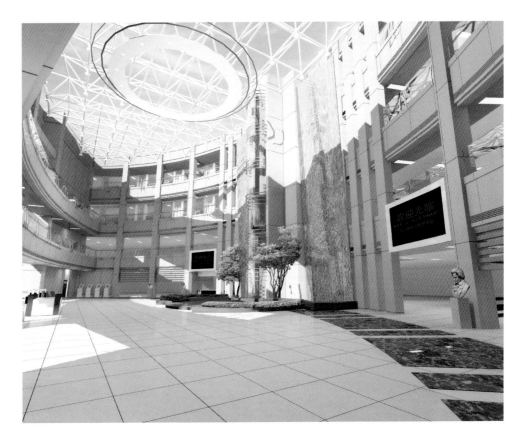

其代表作品有西安幼儿师范学院琴楼、舞楼，西安民生百货大楼六楼总体设计，西安城市俱乐部，西安第二炮兵工程学院图书馆，新疆雪山大厦雪山餐厅，山西太原市黄河宾馆，西安南二环天天乐夜总会。

作品曾获全国第三届室内设计大展银奖、优秀奖，2005中国西北室内设计大赛公共方案类优秀奖。2000年参与主编《新西兰羊毛局室内设计大奖赛作品集》，由中国建筑工业出版社出版。2003年主编《小空间创意与表现》，由福州科技出版社出版。2003年参与编写《全国室内建筑师资格评审培训教材》，由中国建筑工业出版社出版。2004年主编《艺海雏鸥》，由陕西人民美术出版社出版。2005年编著《房屋建筑学习题与解析》，由中国建筑工业出版社出版。《回家的感觉真

好》收录于《97室内设计学会论文集》,《我的家》编入1997年第4期《家具与生活》,《雕琢于有意无意之间》编入1998年第5期《室内设计与装修》,《居室设计》编入《中国室内设计年刊》第2期,《设计师与业主鼎力共创新空间》收录在1999年第1期《室内设计与装修》,《天然去雕琢》编入2000年第8期《室内设计与装修》,《享受生活,感知生命》编入2000年第10期《室内设计与装修》,《西安城市俱乐部》编入《中国室内设计年刊》第3期,《面临西部开发,促进西部室内设计》收录在2001年第4期《室内设计与装修》,《无妆的脸,素洁的家》编入2001年第10期《陕西建材》,《地域文化和室内设计西安研讨会》收录在2002年第8期《室内设计与装修》,《动中有静说座椅》收录在2002年第10期《陕西建材》,《家是自己的表情》编入2002年第12期《新材料,新装饰》,《素面朝天》编入2003年第3期《新材料,新装饰》,《居室设计》编入《中国室内设计年刊》第5期,《道可道、无定道》编入2004年第5期《新材料,新装饰》,《功能主义、唯美主义谁是室内设计的精髓》收录在2004年第6期《室内设计与装修》,《功能主义、唯美主义》收录在《中国建筑学会室内设计分会2005年会暨国际学术交流会亚洲室内设计联合会论文集》(由中国电力出版社出版)。

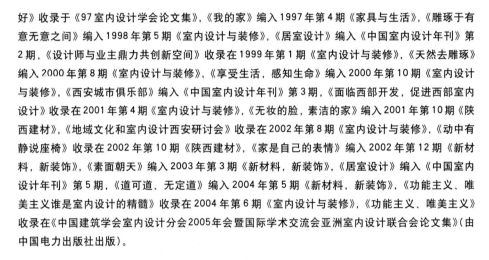

CAI WANYA
蔡 万 涯

天福茶楼

天福茶楼一层大厅

蔡万涯,福建泉州人,高级室内设计师。1986年毕业于福建工艺美术学院,1989年进修于中央工艺美术学院。中国建筑协会室内设计分会会员,中国装饰协会会员,太原市室内装饰协会副会长,山西省装饰协会理事,山西省企业技术创新专家委员会成员,山西南方装饰艺术设计院董事长、设计总监。

　　蔡万涯荣获"山西省十大杰出青年设计师"、2004年度"太原市装饰行业杰出人物"荣誉称号。其所设计的作品"西部酒城"被评为山西省经典艺术设计金奖并获全国第三届室内设计大展银奖,"晋城博物馆"获全国第四届室内设计大展金奖,"天福茶楼"获全国第五届室内设计大展金奖。同时参加中国室内设计大奖赛获商业类金奖,中国室内设计手绘表现图大赛获惟一金奖,海峡两岸四地室内设计大赛一等奖,"华耐杯"中国室内设计大赛二等奖等多项殊荣。

CHEN XUDONG

陈 旭 东

晨光国际售楼处

陈旭东，出生于1962年。1983年9月就读于吉林艺术学院环境艺术专业，1987年9月任职东北电力设计院土建一室，1988年9月清华大学建筑学院进修，1994年吉林大东室内设计装饰有限公司任董事长兼总设计师，2002年至任今吉林艺术学院设计学院教授。

　　陈旭东的代表作品建筑设计有吉林艺术学院教学楼，长春市吉林大路商业建筑群，景园国际建筑设计；室内设计有吉林市电信枢纽大厦，大连市广播电视发射塔，喜来登娱乐中心。其中的作品获2005年第二届海峡两岸室内设计大赛办公类一等奖、酒店类二等奖、居住类三等奖；2005年"华耐杯"中国室内设计大奖赛商业工程类三等奖、酒店工程类佳作奖。另《现代装饰》获2004国际年度传媒奖及2005年吉林省第五届建筑画展一、二等奖。

CAO YANHONG

曹艳红

曹艳红，大庆华隆建筑装饰设计事务所经理、设计总监，哈尔滨鼎尊装饰设计有限公司副总经理、总设计师，中国建筑学会室内设计分会会员，高级室内建筑师。

曹艳红的代表作品有大兴安岭行署办公楼，牡丹江海浪国际机场，黑龙江省高级人民检察官学院，东北师大图书馆，大庆铁人王进喜纪念馆外装工程，大庆九号院国宾馆别墅，绥芬河市政府办公大楼。

DING FEI
丁 飞

丁飞，高级室内建筑
师。1995年毕业于合肥
工业大学建筑学系环境
艺术设计专业。现任职
于苏州金螳螂建筑装饰
股份有限公司。中国建
筑学会室内设计分会
1989—2004年度全国
优秀室内建筑师，全国
十佳优秀医院设计师。

合肥第四人民医院大厅

丁飞致力于建筑设计、室内环境与人性化和谐共生的学习和研究。曾主持设计：苏州第一人民医院，新疆国税局综合楼，上海地铁二号线人民公园站、华盛商业街，北京王府井大酒店（五星）改造设计，青岛海信集团办公楼及燕岛国际公寓，苏州市政府及市委办公楼，苏州国税局办公楼，苏州园区科技园，常州福记皇宫大酒店，上海莘闵大酒店，南宁国际大酒店，合肥第四人民医院，昆山龙腾光电企业ID办公楼，天津泰达市民广场SPA水疗及热带风情酒廊，苏州电信会所，合肥中级人民法院。

丁飞在2001年中国水利水电出版社出版的《室内设计竞标》上发表了河南焦作国瑞大酒店设

合肥第四人民医院

标准电梯厅

音疗

套房 2

活动室

计方案、无锡王兴幕墙企业办公楼设计方案、苏州园区科技园设计方案。2003 年在香港日瀚出版社《室内动态》上发表了南通北山饭店设计方案、苏州东山国宾馆部长楼设计方案。2005 年在《中国建筑装饰装修》（9 月刊）上发表了合肥第四人民医院设计方案。

护士站

苏州电信会所

大堂视点一

入口效果　　　　　　　　　过道透视

大堂视点二

WANG QIANG

王 强

建筑师走廊 3 号别墅

建筑师走廊 3 号别墅

倚林佳园

王强，1994年毕业于中央工艺美院装饰艺术系。同年进入建设部建筑设计院室内所，从事室内设计工作。2000年在北京筑邦建筑装饰工程有限公司第二分公司，担任主任建筑师一职，从事室内设计工作。2003年至今在中国建筑设计研究院环境艺术研究院室内所，担任建筑师一职，从事室内设计工作。

　　王强在多年的室内设计工作中主持完成了一些工程，其中主要有：北京工体100道保龄球馆室内设计，北京现代城公寓室内设计，北京SOHO现代城室内设计，北京倚林佳园售楼处及样板间室内设计，北京人济山庄样板间室内设计，蓝宝公寓样板间室内设计，全国供销合作总社室内设计，中国驻毛里塔尼亚使馆室内设计等。他参与了多项室内设计工程的设计，有外研社大兴培训中心，北京政协办公楼室内设计，外交部办公楼室内设计，文化部办公楼室内设计，外交部怀柔培训中心室内设计，海南海瑞广场，首都博物馆新馆室内设计，威海中信银行室内设计，金融街B7商务楼等。他的设计作品多次在《中国室内设计年刊》、《中国建筑装饰装修》、《家饰》等室内设计刊物上发表。并在2004年获"全国百名优秀室内建筑师"称号、2005年获"北京市建筑装饰优秀设计师"和"IDIA最具影响力中青年设计师"称号。

YU YIWEN

于 奕 文

于奕文设计作品欣赏

于奕文设计作品欣赏

FAN YUN
范 云

范云，1962年生于上
海。1984年毕业于上海
轻工业专科学校装潢美
术系，1985-1999年上
海建筑设计研究院建筑
师，1999年至今海现代
建筑装饰环境设计研究
院副总建筑师。

2001APEC会议主会场-2

2001APEC会议主会场-3

范云任设计总负责人的项目有上海外虹桥国际客运站改建及室内设计，上海新光
观摩厅（保护建筑）改建及室内设计，上海市纺织工会大厦室内设计，交通银行上海
分行办公大楼室内设计，上海现代建筑设计大厦室内设计，云南昆明红塔体育中心体
育中心体育场馆室内设计，上海科技馆2001APEC会议主会场室内设计、环境艺术设
计，上海浦东竹园公园景观设计、建筑设计，上海国际赛车场室内设计、景观设计，
上海浦东税务办公大楼室内设计，上海财税干部教育中心新建学员宿舍楼建筑设计、

上海国际赛车场

室内设计，四川省绵阳市商业旅游步行街景观设计，四川省绵阳市文化广场景观设计。

范云获 2001 年上海市重大工程建设先进个人；2003 年"上海科技馆 2001 APEC 会议主会场"获上海市第一届优秀室内设计作品一等奖、上海市第一届优秀室内设计师评选获"上海市优秀室内设计师"称号；2004 年获中国建筑装饰协会授予的"全国杰出中青年室内建筑师"称号；2004 年获中国建筑学会授予的"全国百位优秀中青年室内建筑师"称号；2005 年获 IAID"中国最具影响力的中青年设计师"称号；2005 年"上海国际赛车场室内设计"获上海市第四届建筑装饰设计大赛一等奖。

① 车队生活区客厅

② 车队生活区

③ 主看台 2# VIP 包房

④ 名车展示街方案

⑤ 主看台 1# VIP 包房

⑥ 空中餐厅效果图

GAO YAFENG

高亚峰

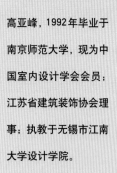

高亚峰，1992年毕业于南京师范大学，现为中国室内设计学会会员；江苏省建筑装饰协会理事；执教于无锡市江南大学设计学院。

华夏神韵大厅一角

华夏神韵总经理办公室景

华夏神韵顶面一景

华夏神韵过道一角

　　高亚峰从业以来加强思想学习，与时俱进，开拓未来；积极参与了解国内外住宅室内装饰设计发展的动态和趋势，进行一定的学术交流活动。1998年出访欧洲5国进行为期1年的学术交流，了解当今欧洲室内装饰设计趋势。2004年7月出席了在上海同济大学举行的2004亚洲室内设计学会联合会（ACDCA）主办的中、日、韩设计学术交流会；10月中旬出席了在日本东京召开的亚洲室内设计学会联合会（AIDIA）第三届东京年会暨国际学术交流会；11月份出席在宁波召开的中国建筑学会室内设计分会年会暨国际学术交流会；12月份出席在北京人民大会堂举行的中国建筑学会室内设计分会成立15周年庆典暨颁奖典礼，并荣获

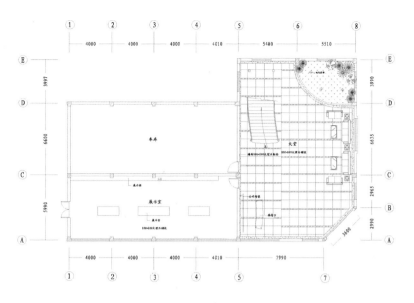

一层平面布置图

华夏神韵楼梯一景1

华夏神韵楼梯一景

（1989-2004年）全国百名优秀室内建筑师称号。2005年9月出席全国住宅发展大会暨颁奖典礼，并荣获全国住宅装饰装修优秀室内设计师称号。

他注重理论联系实际，把国内外的先进设计方法运用到实践中去，并把实践中的点滴体会运用到教学中去，注重教学改革，着力于提高学生的兴趣与自信，因人施教，从而达到个人风格的培养。为一届届学生成功地举办了教学汇报，引起全校广泛关注及轰动，辅导学生竞赛的全国室内设计大赛作品，多次获一等、二等、三等奖，深受学生们的爱戴。

高亚峰平时刻苦钻研业务，理出一条健康、时尚、文化的设计理念，深入人心。走出一条以居家设计为专长的路，赢得一片赞誉。最具代表的是《心灵之约》荣获2002年度中国建筑装饰行业的最高荣誉奖——全国建筑工程装饰奖。《情在简约》荣获江苏省第四届室内装饰设计大奖赛大奖，并入选中央电视台（CCTV）第二届全国家居设计大赛优秀作品集。《一往情深》获2004年第一届海峡两岸三地室内设计大奖赛大奖并入选《中国建筑装饰装潢》出版社出版的《当代住宅室内设计丛书》。其论文《教育思想的转变与小学校建筑设计研究》被《中国教育改革》评为2004年8月优秀论文。

华夏神韵外观全景

高亚峰设计作品

光华幼儿园

大厅一景

外观一景

玩具区一景

楼梯房景

楼梯一景

楼梯一景

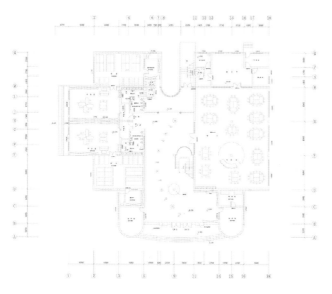

光华幼儿园平面图

教室一角

餐厅一角

洗手处一角

教室一角

GUO KEWEI

郭 轲 蔚

郭轲蔚，全国百名优秀室内建筑师，高级室内建筑师，工艺师，IAID全国最具影响力中青年设计师。1971年12月出生于江苏，1993年南京师范大学美术系毕业。系苏州金鼎建筑装饰股份有限公司设计总监，苏州金螳螂建筑装饰股份有限公司副总设计师、设计二公司设计总监，中国建筑学会高级室内建筑师，苏州科技学院客座教授。

象山国际世贸酒店

　　郭轲蔚发表作品及获奖情况：2001年"安徽省中国银行"荣获省优秀建筑工程奖 。2002年"中国新闻发布中心—酒店"荣获2002年中国室内设计大奖赛入围奖，被选刊入《2002年中国室内设计年刊》。2003年"汕头林百欣图书馆"荣获国家科技示范项目，被选刊入《中国室内设计年刊》第6期；"无锡邮政大厦"荣获中国室内设计大奖赛入围奖，被选刊入《中国室内设计年刊》第6期；"苏州新区创业科技园"被选刊入《中国室内设计年刊》；"苏州高新创业园"荣获江苏省建筑装饰设计二等奖，2004年"华耐杯"中国室内设计大奖赛优秀设计奖；"苏州人才大厦"荣获中国室内设计大奖赛入围奖；"玄武湖隧道指挥中心"荣获中国室内设计大奖赛入围奖；"浙江南国大酒店"荣获中国室内设计大奖赛入围奖。2004年"恒丰国际（香格里拉）商务酒店"荣获2004年"华耐杯"中国室内设计大奖赛优秀设计；"南京图书馆"荣获2004年"华耐杯"中国室内设计大奖赛优秀设计；"南京金陵报业集团—娱乐广场"荣获中国室内设计大奖赛入围奖；"恒丰国际（香格里拉）商务酒店"被选刊入《中国室内设计年刊》；"南京图书馆"被选刊入《中国室内设计年刊》；"镇江移动电信大厦"荣获2004年中国建筑工

象山国际世贸酒店

程鲁班奖。2005年中国国际饭店业博览会入围中国最佳酒店设计师；"象山国际世贸酒店"获中国最佳餐饮设计作品。

郭轲蔚所设计的项目有：安徽省中国银行、长沙国际机场、北京钓鱼台国宾馆改建、中国新闻发布中心－酒店、苏州市奥林匹克中心主体育场、浙江南国大酒店（五星级）、无锡邮政大厦、连云港行政中心、苏州人才大厦、玄武湖隧道指挥中心、汕头林百欣图书馆、苏州高新创业园、浙江象山国际世贸酒店（五星级）、南昌东方花园酒店（五星级）、中国井岗山干部学院、南京地铁指挥中心、南京图书馆、恒丰国际（香格里拉）商务酒店、河南发展大厦酒店（在建五星级）、宁波工贸大厦、上海现代广场酒店、杭州世贸丽晶城、杭州龙嬉硅谷酒店（在建五星级）。

郭轲蔚设计作品 恒丰国际酒店

恒丰外观

大堂

恒丰单人间

西餐厅视点（一）

标间

中餐厅

郭晓明，出生于1971年。1994年毕业于上海同济大学建筑城规学院建筑系室内设计专业。1999年取得建筑师任职资格；2004年取得高级建筑师任职资格。现任中国建筑设计研究院环境艺术设计研究院室内所设计二室主任。

郭晓明，中国建筑学会室内设计分会会员。被学会授予（1989–2004年）"全国百名优秀室内建筑师"的荣誉称号。2005年1月被北京市建筑装饰协会授予"北京市建筑装饰杰出中青年设计师"的荣誉称号。2005年被2005（北京）国际建筑装饰设计高峰论坛组委会授予"IAID最具影响力中青年设计师"的荣誉称号。

郭晓明参与的工程有威海中信大厦，中国建筑文化中心，通州国际售楼处会所，北京大学百周年纪念讲堂，大连软件园。作为项目负责人完成了西藏自治区政协礼堂，中国驻土耳其大使馆，威海外运办公楼，中国移动指挥中心办公楼，万寿路活动中心室内精装修工程。作为设计主持人完成了北京大学理科四号楼室内精装修工程，北京同仁医院新院区精装修工程，中冶集团北京冶金设备研究设计总院科研楼装修工程，中国海洋石油办公楼室内装修工程，鑫茂大厦内装修工程。

他的作品多次在《室内设计年刊》中发表。其中《室内设计新趋势》一文入选中国建筑设计研究院成立50周年纪念丛书论文篇和中国建筑学会室内设计分会出版的年会论文集，并刊出。《材料是建筑个性表达的手段》发表在中国建筑学会室内设计分会2004年宁波年会的论文集上。作品"北京金融街F10东"获2004年中国室内设计大奖赛佳作奖，"大连软件园"2005年中国室内设计大奖赛优秀奖。

HUANG BIN

黄 斌

黄斌，出生于1969年6月，1990年毕业于上海工业大学土木工程系室内设计专业。1990年至今工作于上海建筑设计研究院，上海现代建筑装饰环境设计研究有限公司。现任上海现代建筑装饰环境设计研究院有限公司装饰二所所长、副主任工程师、高级室内建筑师。

黄斌设计作品

黄斌主要设计项目有：交通银行上海分行室内设计（与美国波特曼事务所合作），高阳大楼办公楼改建及室内设计（二类优秀近代保护建筑），冠生园集团总部办公楼改建及室内设计，国家电力调度大楼室内设计，上海沪东中华造船集团有限公司科技办公楼室内设计，上海市黄浦区政府办公楼室内设计，甘肃省财政厅办公楼室内设计，上海浦东东方艺术中心室内设计（与法国安德鲁事务所合作），南京泉峰贸易有限公司总部办公楼室内设计（与美国 Perkinstwill 事务所合作）。

其设计作品"国家电力调度大楼"获 2002 年优秀奖，"沪东中华造船集团科技办公楼"获 2003 年入围奖，"浦东东方艺术中心"获 2004 年二等奖，"中国海洋石油公司办公楼方案"获 2005 年优秀奖。

黄斌设计理念：室内设计不是简单的装饰，而应是建筑风格的延续及升华。简洁、实用、现代、美观是他设计中所追求的目标。

黄斌设计作品

HUANG XUEFENG

黄 雪 峰

黄雪峰，中国建筑学会
室内设计分会会员，室
内建筑师。

黄雪峰设计作品

黄雪峰其设计特别注重空间的功能性与空间特性定位的准确性。在从事设计
不懈探索的10年中，主持设计施工的主要项目有：钓鱼台国宾馆俱乐部部分工
程、钓鱼台西哈努克国王公馆、民航总局计算机业务楼贵宾区等。单独设计主持
施工的主要项目有：内蒙古电管局驻京办京蒙大厦工程、江西新余钢铁厂驻京办
工程、唐人街饮食娱乐有限公司部分改造工程、江西上饶龟峰山庄度假村等。近
年来主要从事餐饮娱乐空间的设计与探索，主要项目有：北京旺顺阁海鲜广场、
旺顺阁奥体鱼头店、保定旺顺金阁、大连旺顺阁鱼头店、高碑店旺顺阁鱼头店、
北京旺顺阁商务会馆、北京旺顺阁经典时尚涮肉坊、保定万星楼KTV、北京东四
新悦酒楼、锦州钱江酒楼等。

其作品被刊入《强国丰碑》、《现代装饰》、《一代名家》、《艺术中国》、《共和
国足迹》、《时代先锋》等。

LIN YANG

林 洋

林洋，出生于1969年。1993年毕业于中央工艺美术学院环境艺术系。1993年至2000年中央工艺美术学院教师兼设计师，1999年至今清华大学美术学院环境艺术设计工程公司总设计师。

林洋设计作品

　　林洋1993年参与中国银行新加坡分行设计，1995年参与山东工商银行总行设计，1995年主持科瑞集团万通大厦写字楼设计，1998年参与军委844工程设计，1999年主持中国国家图书馆分馆的内装设计，2001年主持中国国家图书馆东门外广场设计，1998年主持"厄里特立亚"国防大楼的内装设计，1998年至2000年主持多个写字楼办公室设计，1999年主持设计霍11·尼韦尔（Honeywell）汉威大厦4000m² 写字间设计，2000年主持保利博物馆设计，2001年主持中国现代文学馆展厅设计，2001年主持保利大厦饭店改造整体设计，2002年主持中国印钞造币博物馆设计，2002年主持林业大学图书馆内装设计，2002年主持中国美术馆改造工程内装设计，2003年至2004年主持邓小平博物馆装修工程，2004年主持北京画院内装工程，2004年至2005年主持首都博物馆北京通史设计，2005年主持太原不锈钢博物馆展览策划，2004年至2005年主持公安部中国警察博物馆前期策划，2004年至2005年主持青岛沿海景观规划设计。其中"北京世界金融中心设计"荣获全国装饰大展金奖；"中南海外宾接待楼设计"获全国第九届美展金奖（集体）；"保利大厦改造工程"获北京市优质工程奖。

LAI XUDONG

赖旭东

赖旭东，1999年7月毕业于四川美术学院装潢环艺系室内设计专业，高校室内专业讲师。中国建筑学会室内设计学会会员，重庆年代联合装饰设计有限公司首席设计师，中国建筑学会室内设计学会注册室内建筑师。

成 都 天 菱 阁 食 府

赖旭东获首届中国住宅室内设计大奖赛提名奖，2001年中国室内设计大奖赛二等奖，2002年获中国室内设计大奖赛佳作奖，2003年获中国室内设计大奖赛优秀奖，2003年获亚太地区室内设计大奖赛入围奖，2004年获"1984—2004年全国百名优秀室内建筑师"称号，2004年获第二届中国西部工业明日设计之星大奖赛二等奖，2005年获"2005年度全国最佳餐饮酒店设计师"称号，2005年获中国室内设计大奖赛及IFI国际室内建筑师联盟大奖赛佳作奖。

LI HAO
李 浩

苏州科技园三期研发楼首层椭圆大厅

李浩，高级室内建筑师。毕业于郑州轻工业学院。上海蓝天房屋装饰工程公司总设计师。

李浩曾获 2000 年深圳市装饰作品展一等奖，2003 年中国室内设计大赛佳作奖，2004 年上海市第三届室内设计大赛银奖，2005 年海峡两岸四地室内设计大赛一等奖、二等奖、三等奖，2005 年中国室内设计大赛优秀奖、佳作奖，2004 年主持设计的西安咸阳国际机场新航站楼装饰工程获鲁班奖，2005 年上海市第四届室内设计大赛二等奖，2004 年获"全国杰出中青年室内建筑师"称号，2005 年获"全国最具影响力中青年设计师"称号。

李浩的主要室内设计作品有上海新时空国际商务广场 B 楼（中国联通上海分公司综合大楼），上海轻轨中山北路站，深圳地铁科学馆站、购物公园站，深圳证卷交易所创业板办公楼，苏州科技园三期研发楼，苏州市工商局综合大楼，苏州市国税局综合大楼，苏州金河国际大厦，苏州江南首席鲍翅燕酒楼，西安咸阳国际机场新航站楼，重庆江北国际机场新航站楼、联廊、指廊，拉萨贡嘎国际机场新航站楼，青岛流亭国际机场新航站楼、到达厅、行李厅、迎客厅，乌鲁木齐地窝堡国际机场新航站楼、到达厅、行李厅、迎客厅，长沙荷花园酒店，新疆银星大酒店。

苏州金河置业公司写字楼

电梯厅

联廊

指廊侯机厅

接待厅休息区

接待厅会议室

LI RUIJUN

李 瑞 君

李瑞君，副教授。出生于1971年。1993年毕业于清华大学建筑学院，建筑学学士。1996年毕业于清华大学美术学院，文学硕士。北京服装学院艺术设计学院环境艺术设计系主任。中国建筑学会室内设计分会理事，中国室内装饰协会室内设计师资格评审委员会会员，中国建筑装饰协会设计委员会委员。

李瑞君完成了大量的工程项目的设计工作，其中包括一些国家和省市级别的重点项目，如国家军委大楼、中国建设银行总部、国家审计署办公大楼改造、珠海国际会议中心、青岛海尔中央研究院、北京鑫泰大厦、郑州2001工程、中国网通生产指挥调度中心、鼎成大厦、北京京移建筑设计院办公楼、中国建银投资有限责任公司办公楼等。设计作品获得多种奖项，由于在环境艺术设计业界取得的成绩，在2004年12月获得由中国建筑学会室内设计分会评选的"1989－2004年中国百名优秀室内建筑师"称号，2006年3月获得中国建筑装饰协会百名杰出中青年室内建筑师称号。

他在理论研究方面，完成论文、论著、译著近百万字。在《装饰》、《室内设计与装修》、《中国建筑装饰装修》、《经典》、《世界建筑导报》等多种期刊上发表学术论文多篇，论文多次入选《中国建筑学会室内设计分会年会论文集》并多次获得优秀论文奖。论文《共生的环境艺术》获得1997年北京勘查设计协会论文评比一等奖，论文《困惑与挑战》入选2002年《艺术与科学研讨会论文集》，论文《室内设计中生态主义》于2002被亚洲室内设计联合会选入《AIDIA JOURNAL 2》（英文版），论文《室内设计与消费文化》于2004被亚洲室内设计联合会选入《AIDIA JOURNAL 4》（英文版），并被多种专业刊物转载。完成译著4部、论著2部。译著《百年箱包》（合译）由中国轻工出版社于2000年9月出版；译著《Loft风格设计》由中国轻工业出版社于2002年1月出版；译著《装饰色彩》（合译）由北京青

年出版社于2002年4月出版；译著《丹麦设计》（合译）由河北教育出版社于2004年5月出版；论著《环境艺术设计的新视界》（合著）由中国人民大学出版社于2002年6月出版，并于2002年11月获得高教委教材评比一等奖；论著《20世纪经典设计——建筑》由河北教育出版社于2004年11月出版。设计作品和成果发表在多种期刊和专业书籍中，如《装饰》、《室内设计与装修》、《中国室内设计年刊》、《中国当代优秀室内设计作品集》、《中国建筑装饰装修》、《室内设计竞标》等。

LI SHENGKUAN

李圣宽

李圣宽，室内建筑师，出生于1965年。毕业于南京建工学院。中国建筑学会室内设计分会会员。1996-1999年任深圳市装饰工程工业总公司设计师，2000-2002年任江苏省建筑科学研究院室内设计研究所高级设计师，2002-2003年任深圳华南装饰工程有限公司首席设计师，2003-2005年任美国加州大木建筑师事务所设计总监，2006年任南京大宽室内建筑设计事务所设计总监、总经理。

玄武饭店行政楼层电梯

玄武饭店总统套房客厅

玄武饭店总统套卧室

玄武饭店总统套房夫人房

李圣宽从事建筑室内设计工作12年，主要作品有南京斯亚花园酒店（四星级），中国移动徐州移动大厦，扬州新世纪大酒店（四星级），南京鼓楼医院病房大楼，中国电信淮安电信大楼，北京国家海关总署，南京恒基国际公寓，南京玄武饭店（五星级），南京高力国际家居广场，上海长提别墅，北京食神府大酒店，安徽宿州华夏大酒店（四星级）。

李圣宽自2005年9月起参与设计奖项，获2005"锦绣江南"国际室内设计大奖赛一等奖；江苏省第五届室内装饰设计大奖赛一等奖；IA2006"华耐杯"照明设计大赛一等奖；2006"雷士杯"照明设计大奖赛创意奖。

江苏红俱乐部高级会所

茶座

牛排馆

江苏红俱乐部

舞池

茶餐食区、古典音乐舞台

LUO SIMIN

罗思敏

汕头广州酒家

大堂

大堂局部

西关第天井

罗思敏（原名罗思哲），毕业于广州市美术学院。广州市思哲设计有限公司总设计师，SEER DESIGN INTERNATIONAL (AUSTRALIA) PTY LTD 董事，（思哲设计国际（澳洲）有限公司）。IDA 国际设计师协会常务理事，中国建筑学会室内设计分会广州专业委员会副会长，广州市荔湾区民营企业商会副会长。

　　罗思敏1983年开始从事室内设计主要代表作品有，商场类：哈尔滨第一百货大楼，北京西单商场，石家庄东方购物广场，广州百汇广场，石家庄世贸广场，广州市白云宾馆丽柏广场；酒店类：海口黄金海景大酒店，东莞豪门大饭店，广州嘉逸豪庭大酒店，广州嘉逸皇冠大酒店（公共部分）。餐饮娱乐类：汕头广州酒家，广州荔湾唐荔苑食艺馆，广州天河无国界美食沙龙，广州市风乐娱乐城，常州淹城旺阁渔村海鲜酒家，广州正佳广场大椰丰饭餐厅。办公楼类：广州市荔湾区武装部办公大楼，广州南方通信办公大楼，广州市荔湾区规划局办公大楼，广州市荔湾区环保局办公大楼，广州市市容环境卫生局办公大楼，广州天河网球学校改造。外立面及环境改造类：广州上下九商业步行街建筑立面整饰，广州沙面国家文物保护区修护整饰，广州东山区龟岗商业街建筑立面整饰，东莞市运河两岸立面整饰，东莞市二环路景观改造，东莞东城中路景观改造，东莞市虎门镇太沙路、人民路立面整饰，东莞市清溪市民广场建造，佛山市顺德区北滘镇人民公园建造，东莞市莞樟路寮步段立面整饰，S256省道厚街段立面及景观改造。

东莞豪门大酒店

WEI JINGYUN

韦静云

韦静云1969年生于广西。1993年毕业于重庆工商大学设计艺术学院。美国IFDA国际室内设计师协会会员；中国室内建筑学会室内设计分会第21专业委员会信息委员会主任；室内建筑师；国家一级室内装饰项目经理。全国建筑工程装饰奖获奖工程优秀项目经理，广西建筑装饰企业优秀企业经理、优秀项目经理。荣获"中国杰出的中青年室内建筑师"称号和"全国百名优秀室内建筑师"美誉。

北京广西大厦

总统套房

韦静云主要室内设计作品有：广西政协大厦（鲁班奖、全国建筑工程装饰奖）、北京广西大厦（四星级酒店）、北京桂京宾馆、南宁饭店（全国建筑工程装饰金奖）、北海甲天下大酒店（部分）（全国建筑工程装饰奖）、广西恒大酒店、广西安全厅办公大楼、南宁海关培训中心、南宁福兴大酒店等。

总统套房洗漱间

QIN BINGHONG

覃 炳 宏

覃炳宏，毕业于广西工艺美术学校，后于广西艺术学院进修室内设计专业毕业。中国建筑学会室内设计分会会员。

南宁南方电网"东方明珠"收费区

　　覃炳宏1994—2005年工作于广西建林装饰工程有限责任公司，历任项目经理、设计所所长、副总经理。2000—2005年于广州珠江装修工程公司历任主任设计师、项目经理、驻广西办事处主任等职务。2004年被评为"全国杰出的中青年室内建筑师"，"全国百名优秀室内建筑师"。

　　覃炳宏其代表作品"南宁市新朝阳商业广场"荣获广西室内设计展优秀奖，入围2005"华耐杯"中国室内设计大奖奖。"南宁金湖商业广场"荣获广西室内设计展优秀奖。"南宁供电局东方明珠营业厅"、"贵港市南山宾馆"、"广西柳州康城联排别墅样板房"、"荣和新城蓝宅"、"南宁金湖广场"入围"2004年华耐杯"中国室内设计大奖赛，并有3件作品入编《2004年中国室内设计大奖优秀作品集》。作品"广西柳州康城联排别墅样板房"分别在《装潢世界》、《中国建筑装饰装修》上发表，入编《全国杰出的中青年室内建筑师评选作品》。作品"荣和新城蓝宅"荣获"全国建筑装饰奖"。2001年度荣获广西优秀项目经理。作品"南山宾馆"等6件作品入围2004年"中国室内设计大奖赛"，其中3件作品入选《2004年中国室内设计大奖赛优秀作品集》。作品"荣和新城蓝宅住案"荣获"全国装饰工程奖"。2005年获得"广西十佳青年室内建筑师"。

呼叫中心

覃炳宏设计作品

南方电网义务区柜台　　　　　　　　　办公室　南方电网义务区柜台

MENG SONGTAO

孟 松 涛

泰国餐厅

东莞大剧院入口大厅

顺德仙泉酒店大堂

孟松涛，深圳市洪涛装饰工程有限公司建筑装饰设计院任酒店设计所副所长、主任设计师。2004年中国建筑装饰协会评为"全国杰出中青年室内建筑师"。荣获中国饭店协会、中国建筑装饰协会评选的"2004年最佳饭店室内设计师"。2005年荣获中国装饰协会评选的"IAID最具影响力的中青年设计师"。

　　孟松涛的作品"南彩春天温泉度假村酒店"荣获IFI国际室内建筑师设计师联盟暨中国建筑学会室内设计分会 "2005年中国室内设计大奖赛酒店类一等奖"；"顺德仙泉酒店"荣获中国建筑协会室内设计分会"2004年中国室内设计大奖赛"三等奖；"东莞玉兰大剧院"同年获佳作奖及深圳市第六届装饰作品展公共建筑室内装饰一等奖；"北京海天凰宫大酒店"获"华耐杯"2003年中国室内设计大奖赛二等奖；"西安唐城宾馆"2002年获中国装饰协会评选的"全国第三届室内设计大展"金奖；"桂林漓江饭店"方案设计获"史丹利杯"2002年中国室内设计大奖赛三等奖。

SHENG YAN

盛 燕

盛燕，出生于1971年。1993年毕业于城市学院室内设计与环境艺术专业，并取得清华大学美术学院文学学士学位。1993年开始于中国建筑设计研究院（原建设部建筑设计院）工作至今。2004年取得高级建筑师任职资格。现任环境艺术设计研究院室内设计研究所主任建筑师。

　　盛燕作为室内专业设计主持人完成了多项大、中规模工程，其中"北京大学100周年纪念讲堂获1999年度"长城杯"工程、获北京市第三届建筑装饰成就展优秀建筑装饰设计奖、获国家工程建设质量奖银质奖章；"中国社科院学术报告厅"获2001年度建筑装饰优良工程；"外研社办公楼一期"获1997年建设部建筑设计院"优秀室内设计一等奖"、1997年新西兰羊毛局中国室内大奖赛"优秀奖"、1997年"长城杯"北京市第二届建筑装饰成就展"优秀建筑设计装饰成就奖"；"兴涛会馆"获2001年中国室内大奖赛暨巴斯夫室内大奖赛"二等奖"；"蓝堡国际公寓会所"获英皇（英国皇家建筑师协会）活力都市设计竞赛"决赛入围奖"（前十名）（北京2004）、2004年中国室内设计大奖赛优秀奖；"北京广播电台办公楼夹层（北京人民广播电台技术楼加层工程室内设计）"获2004年中国室内设计大奖赛佳作奖。盛燕2004年获"全国百名优秀室内建筑师"称号，2004年获"全国杰出中青年室内建筑师"称号。

蓝堡公寓会所

蓝堡公寓会所

蓝堡公寓游泳池

蓝堡公寓会所

谈 星 火
TAN XINGHUO

外交部大堂

谈星火，出生于1959年。1979年参加工作。1986年考入天津职工工艺美术学院环境艺术系学习并于1988年7月毕业回到建设部建筑设计院工作。现任中国建筑设计研究院环境艺术专业设计院室内所设计室主任建筑师。

　　谈星火参加的主要工程项目有：北京国际饭店（任设计师）获1989年建设部优秀设计一等奖，是20世纪80年代北京十大建筑之一，获1989年国家优秀工程设计银奖、1990年国家质量奖银奖、1990北京市建筑装饰工程设计二等奖；山东曲阜阙里宾舍（任设计师）获1986年建设部优秀设计一等奖、1989年中国八十年代建筑艺术优秀作品奖；北京森隆饭庄新建（任建筑工种负责人）；北京梅地亚中心（任工种负责人）获1994国家优秀工程设计银奖、1993建设部优秀设计二等奖、北京建筑装饰工程设计三等奖；全国政协办公楼（任工种负责人）获1998年建设部直属单位优秀设计一等奖、1996年国家工程质量奖（鲁班奖）、1996北京市建筑装饰成果汇报展设计优秀奖、建设部优秀设计表扬奖；外交部怀柔培训中心任设获总北京建筑装饰成果汇报展优秀设计奖；外交部办公楼（任工种负责人）获1999年国家优秀工程设计银奖、1998年建设部优秀设计二等奖、建设部直属单位建筑设计一等奖；威海中信金融大厦（任设总）获北京市建筑装饰成果汇报展优秀设计奖、1999年中国改革开放二十年建筑成就展银奖、建设部直属单位优秀建筑设计三等奖；"山西省政协委员活动中心"（任设总）；海南省海瑞广场（设计师）获2000年海南省优秀施工单位及精品装饰设计奖；江苏省昆山邮电大厦室内设计方案（任工种负责人）；北京交通医院（任设总）；中国建筑文化中心（任设总）获建设部优秀设计二等奖；外交部驻泰国大使馆改造（任设总）；中国民航总局办公楼加固改造（任设总）；外交部驻刚果大使馆改造（任设总）；广东省南海市文化中心（任设总）；安徽出版大厦（任设总）；北京体育大学国家队训练基地（任设总）。

　　谈星火在《中国室内设计年刊》上刊登多部作品。他的作品（一居室）设计获2001年第一届"吉象e匠杯"中国住宅室内设计大赛提名奖、2001年中国室内设计大奖赛二等奖，IAID最具影响力中青年设计师奖。全国百名优秀室内建筑师奖。

TU SHAN

涂 山

涂山，1990年7月毕业于西安建筑科技大学建筑学专业，获工学学士。1990年到1991年6月在西安建筑科技大学设计院工作。1991年考入中央工艺美术学院环境艺术专业学习。1994年获得文学硕士学位后留中央工艺美术学院环境艺术研究设计所工作，先后任主任设计师、设计部主任职务，1997年获得工程师职称资格。1999年任职清华大学美术学院研究所环境与空间平台研究员，并兼任北京市建筑装饰设计所副所长。2004年12月获中国建筑装饰协会授予的"全国杰出中青年室内建筑师"称号，2005年6月获中国饭店协会、中国建筑装饰协会授予的"2005中国优秀酒店设计师"称号。

中国化工集团大厦

涂山工作期间先后独立主持或联合主持了多项国家和市级的重点工程项目的设计、投标。近年为设计主持人的主要项目：珠海丹田城市广场室内设计，国家审计署办公楼室内设计（写字楼改造），海南华光滨海酒店设计，中关村蓝星科技大厦设计（2002年在中国室内建筑师学会和美国史丹利公司组织的史丹利杯中国室内设计大奖赛中获佳作奖、2004鲁班奖），北京高级人民法院，济南力诺乡村高尔夫会所设计，秦皇岛外国专家公寓会所设计，西安凤鸣九天剧场，高等教育出版社，河北大唐王滩电厂生产综合服务楼，宁夏回族自治区驻京办贵宾楼。其获奖的主要项目有"南昌机场"获1998全国第二届室内设计大展银奖；"保定联通大厦"获2002年"史丹利杯"佳作奖；"现代盛世大厦IT企业孵化器"获2002年"史丹利杯"入围奖；"中关村蓝星科技大厦"获中国建筑业协会评选出2004年度中国建筑工程鲁班奖、2002年"史丹利杯"入围奖；"中国国都证券办公"获2002年"史丹利杯"入围奖；"北京宏伟工贸公司汽车展厅"获2002年"史丹利杯"入围奖；《环境艺术新视界》一书获教育部教材"金奖"；"中国妇女博物馆"建筑设计方案获招标一等奖等。

WANG HONG

王 弘

北京电视中心多功能演播中心 音乐厅模式

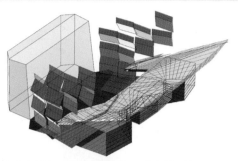

北京电视中心多功能演播中心 声学模型轴侧图

北京电视中心多功能演播中心 剧场厅模式

王弘工作期间先后独立主持或联合主持了多项国家和市级的重点工程项目的设计、投标。近年为设计主持人参与的主要项目有中国电力国际有限公司总部办公楼，中国电力投资集团公司总部办公楼，北京电视中心多功能演播中心（合作设计：澳大利亚马歇尔·戴声学公司）获 2006 年第二届中国室内设计艺术观摩展十大最具观摩展示奖。王府井百货大楼改造设计，（合作设计：日本东芝公司、美国凯利森建筑公司），光明日报总社，哈尔滨国际会展体育中心，大连医科大学附属医院，北京空军指挥中心。其中获奖的主要项目有石家庄市总工会一宫会堂，获 2004 年全国建筑工程装饰奖；保定联通大厦获 2002 年"史丹利杯"佳作奖；海口人保酒店，获 2002 年"史丹利杯"佳作奖；北京中山音乐堂获 1998 年全国室内设计大展金奖和 1999 年北京市优秀建筑装饰设计奖；北京国宾酒店大堂（五星级），获 1998 全国室内设计大展银奖；南昌机场获 1998 全国室内设计大展银奖（1997 年设计）；亚视商城设计、施工，获 1997 全国现代艺术设计奖（集体奖）；北京西客站，主体空间设计竞赛一等奖（1994 年）。除此之外，从业期间还先后完成了在京和其它省市地区的、较具社会影响力和专业竞争力的投标中标项目，其中包括：外交部涉外会客厅、人民大会堂陕西厅、石家庄机场进港大厅、大连中国银行大堂、山东济南三联大厦等大型公共建筑，并以合作主持人的身份参与并陆续完成了宁夏省人民政府办公大楼、北京警察博物馆的设计咨询等工作。

王弘，1985 年毕业于北京建筑工程学院建筑系建筑学专业，同年留校任教。1989 年考入中央工艺美术学院环境艺术研究设计所，攻读室内设计专业。1992 年获得文学硕士学位后留环艺所工作，先后任主任设计师、设计部主任、总设计师职务，1999 年任清华工美环境艺术设计所主任设计师。2004 年 9 月获中国室内设计学会授予的"全国百名优秀室内建筑师"称号，2004 年 12 月获中国建筑装饰协会授予的"全国杰出中青年室内建筑师"称号。

WANG HANBING

王寒冰

王寒冰，1961年出生于山西汾阳。1983年毕业于山西大学艺术系美术专业，后在汾阳师范任教。1987—1993年太原公交广告公司从事设计，1993—2000年创立太原强射线广告公司。2001年清华大学美术学院环境艺术系学习，2001—2003年中央美术学院设计系研究生班学习。2004—2005年创立德道设计装饰广告公司，2005年组织成立室内设计协会第二十九届（山西）专业委员会。

王寒冰的设计端庄、大气、亮丽。2002年作品"好味原茶餐厅"工程类作品入选"史丹利杯"全国室内设计大赛；2002年作品"休闲系列椅"获中央美术学院"新资源国际设计节"优秀作品奖；2004年作品"德道设计办公室"、"汪氏广告公司"、"孝义豪宅"工程类作品入选"华耐杯"全国室内设计大赛。

王寒冰设计作品 金 都 酒 店

堂吧

堂吧

堂吧

入口

堂吧

WANG JIAN

王 剑

王剑，高级室内建筑师。1992年毕业于南京艺术学院工艺美术系，1992-1997年江苏港宁装饰有限责任公司设计部经理，1998-2002年南京金陵建筑装饰有限责任公司装饰设计分院院长，2002年至今苏州金螳螂建筑装饰股份有限公司设计分公司经理。

王剑的作品"常熟虞城大酒店餐厅"2002年获南京"金陵杯"室内设计大奖赛优秀奖。"王家湾物流中心汽车展厅"2002年获南京"金陵杯"室内设计大奖赛优秀奖。"南京艺术学院实验剧场"2003年获中国室内设计大奖赛佳作奖。"泉城会议培训中心"2003年获中国室内设计大奖赛佳作奖。主要作品还有南京奥体中心游泳馆、南京艺术学院实验剧场、常熟红磨坊夜总会、常熟虞城大酒店、徐州苏源宾馆、南京高新国际俱乐部、华东饭店、南京山水大酒店、南京新纪元大酒店、南京全民健身中心、丹阳检察院、溧阳国际大酒店等。

王剑设计作品 中国银行会所

ZHAO JINGZHI
赵 静 智

浙江临海大洒店客房（五星级）

赵静智，深圳市润浩实业有限公司董事长，深圳市万丰装饰设计工程有限公司董事长，深圳市馨庭家居装饰设计工程有限公司董事长，中国建筑装饰协会专家，香港室内设计协会中国深圳代表处专家委员，中国建筑学会室内设计分会第三专业委员会专家委员，深圳市装饰行业协会专家，深圳市专家工作联合会建筑业专家工作委员会委员，中国书画函授大学深圳分校教授，深圳书画艺术学院教授，深圳市消防协会理事。

　　设计是一个创造的过程，在创造中设计，在设计中创造。一个成功的作品除能满足基本功能要求外，最重要的就是创意；一个没有创造性的设计是没有灵魂和生命力的。设计具有创新的作品是设计实践的核心。为此，追求新的表现手法、新的工艺技术、新的材料、新的关联体系，设计具有爆发力的作品，是优秀设计师的必然选择。

　　同时把设计与投资人的运营密切地结合起来，可以说成功的室内设计作品，不是单纯的设计本身，而是把投资人的目标客户吸引到设计的新环境中，让人流连忘返，达到让设计本身创造价值，让投资人成功运营的目的。投资人的成功才是设计人的成功，这是室内设计的本质所在。

深圳农村商业银行总部

温州梦江大酒店（五星级）

深圳鸿昌大酒店（五星级）

深圳港丽豪园样板间

深圳港丽豪园样板间

ZHU YONGCHUN

朱永春

朱永春，高级室内建筑师，全国百名优秀室内建筑师，IFI 国际室内建筑师／设计师联盟会员，中国建筑学会室内设计分会会员。现任朱永春设计事务所总设计师。

立文的新办公室

　　朱永春1993年开始从事室内设计工作，设计项目涉及酒店、餐厅、办公室和高级住宅。屡有作品刊登于《ID+C》、《INTERIOR DESIGN》等专业刊物，并入选《IFI国际室内设计年鉴》，近年来连续获得国际、国内各类专业赛事的多项大奖，在业内赢得广泛的赞誉。其中：2003年获中国室内设计大奖赛公共建筑工程二等奖、ID+C STANDARD 年度最佳设计奖；2004年获中国室内设计大奖赛办公工程一等奖和住宅工程二等奖；2005年获IFI首届国际室内设计大奖赛暨中国室内设计大奖赛办公工程二等奖和最具设计原创奖。

立文的新办公室

YE ZHENG

叶 铮

中国国际经贸仲裁委员会上海分会

叶铮,上海应用技术学院副教授、室内专业主任。上海泓叶室内装饰有限公司总设计师,中国建筑学会室内设计分会理事。

叶铮获2005中国最佳酒店设计师,2004中国室内设计十大封面人物,2004现代装饰国际年度传媒奖等。所设计的工程项目不断被国内外专业媒体报道,并屡获中国室内设计大赛及新西兰羊毛局大奖赛各奖项,并著有《建筑画艺术》、《室内建筑工程制图》等专著。

山东国际会展中心

山东大厦会堂

GU QIANG

顾　强

顾强，高级室内建
筑师、全国百名优
秀室内建筑师、国
家一级项目经理、
中国建筑学会室内
设计分会会员。

某汽车有限公司办公楼

山东国际会展中心

某汽车有限公司办公楼

徐 景

徐景，室内建筑师。深圳市建筑装饰（集团）有限公司青岛分公司设计部主任。

某汽车有限公司办公楼

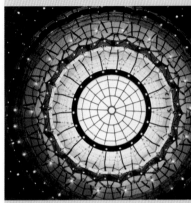

山东国际会展中心

山东大厦会堂

山东大厦会堂

某汽车有限公司办公楼

WANGHE

王 河

后花园内庭

松园宴会楼外观

松园宾馆一号楼全景

王河，1986年毕业于广州美术学院，1992年及2003年获得华南理工大学硕士、博士，是一位文科、理工科知识结构复合型人才，具有学科复合的优势。1986年至今任职于广州珠江外资建筑设计院，现为主任、建筑师。兼任中国室内设计学会理事、中国建筑学会建筑史学分会学术委员、广东省政府发展研究中心特约研究员、广东省医院管理学会建筑委员会委员、广东省青年联合会委员。

近二十年以来从事岭南建筑设计生产实践和理论探索研究，参加和主持了多项重大的工程设计，并多次获奖。尤其是主持和设计的广东省委珠岛宾馆"东一号"工程，该项目作为九运会的主要接待基地配套项目，经广东省委办公厅组织了广东省7家实力水平最强的设计单位参加投标中标后，在中华人民共□第九次运动会前投入使用，先后接待了党和国家领导人以及国际奥委会主席罗格等重大的国际接待「"东一号"工程设计的成功受到了中央和省委领导的一致好评，被评定为："体现了岭南文化建筑风格科技的时代特征"。并获2002年广州市优秀设计一等奖、2003年广东省优秀设计一等奖。

珠岛宾馆、松园宾馆和帽峰沁园的问世，探索的是一条既有时代性，有又民族性和地方性的建筑创作道路。

作品1　松园宾馆

松园宾馆，采用岭南自由式的规划布局，实现天人和一、中国传统建筑与自由对话的和谐构造。

在设计艺术手法方面，着重于通过巧妙的"积而成势，驻远而环行，形乘势来，形以势得"，是中国建筑的"形"与"势"的探讨和应用。

松园宾馆的设计，既有阴阳宇宙观的建筑的设计思想指导，同时注意象征的意象手法，表达一种天地人和、国泰民安、繁荣昌盛的美好愿望。

作品2　珠岛宾馆

在设计手法，采用最具有代表性的建筑形式——中国传统建筑中重檐歇山大屋顶的手法。珠岛宾馆用地东西开阔，南北狭长。结合珠岛地形、地貌的特点，在设计上，大胆尝试了皇家建筑的中轴线布局和院落组合手法，塑造了居中为尊。东、西厢拱照的具鲜明民族特色建筑群体形象，开阔的前庭主庭园恰好衬托出一号楼主体建筑的高大与宏伟。因地制利用地形，灵活多变的岭南庭院手法，是珠岛宾馆设计另一特色。

作品3　帽峰沁园

帽峰沁园，是帽峰山的整体规划一大主笔。主体建筑为一圆形综合楼，沿山势婉蜓向前，更有客家土楼式的中国传统建筑形式。聚落与环境完美有机结合，人工与自然的融合，不仅创造了理想的生态环境，也给人美景天成的感觉。

"一号楼"非常巧妙地运用了厅、亭结合的设计手法，厅如同伸展出去的亭子，视野开阔，形成对景"朝山"。外观形象和封闭的平面布局手法，创造了对外封闭、对内开敞的闹中取静的阅览环境，是"宜山宜水，宜家宜室"的意境。

王 河 设 计 作 品

入口与主宾楼

口大样

宾会楼柱廊

随员楼局部立面

一号楼主入口

宴会楼主入口

随员楼主入口

王河设计作品

珠岛宾馆一号楼全景

一号楼局部大样1

二号楼立面与凉亭

一号楼主入口与前广场

王河设计作品

一号楼停车雨蓬鸟瞰

一号楼局部大样2

二号楼入口

二号楼入口大样

一号楼、二号楼的衔接与入口

王河设计作品

一号楼宴会厅1

一号楼宴会厅2

东湖与一号楼的北立面

一号楼前厅

王河设计作品

帽峰沁园酒店鸟瞰图

王 河 设 计 作 品

帽峰沁园大堂　　　　　　　　　　　　　帽峰沁宴会厅

王 河 设 计 作 品

帽峰沁园一号楼

一号楼大客厅

一号楼大客厅外观

一号楼山门

一号楼有荷花的小客厅

静静的楼梯

大堂壁画

大堂装饰大样

一号楼大堂1

宴会楼连廊大样1

宴会楼连廊大样2

一号楼大堂2

步 健

邛崃市广场方案（已完成）

步健早年从事工艺美术设计，20世纪80年代末从事建筑装饰艺术（曾任四川土木建筑学会科教委员会委员，四川华西建筑装饰设计公司设计三所所长等职）。现为CBI美国公司BJ ART DESIGN STUDIO总设计师，美国吴佐之建筑设计事务所中国代表。

其建筑装饰设计作品获中国建筑装饰工程金奖、四川省勘察设计一等奖，鉴于在中国室内设计界的成绩显著，2004年获"全国百名优秀室内建筑师"荣誉称号。

步健设计了河南洛阳国际会展中心。他装饰设计代表作品：北京人民大会堂四川厅、五粮液集团新办公大楼、新疆迎宾馆、邛崃五彩广场、北京解放军空军总医院广场、资阳市移动通信中心景观绿化、中国西南设计院科创中心、成都金港湾酒店外装设计，西安雅庭基地设计等。

步健，出生于1953年，高级室内建筑师，建筑环境与景观艺术设计师，美术编辑。中国建筑学会会员，中国建筑学会室内设计分会会员，中国工艺美术学会会员。

人民大会堂四川厅获中国建筑装饰工程奖，四川省优秀工程设计一等奖

SHI CHUNSHAN

史 春 珊

厦门嘉润箱包有限公司

史春珊，出生于1935年，哈尔滨工业大学建筑学院教授，1962年毕业于北京中央工艺美术学院（现清华大学美术学院）。教授建筑美术、建筑表现、室内设计、内部空间设计等本科及硕士研究生课程，同时教授道路与桥梁专业的桥梁造型美学基础课程。任中国建筑学会室内设计学会副会长，国际室内建筑师／设计师联盟、中国地区委员会副理事长，国际IFDA室内装饰协会中国分会副理事长，中国工业设计协会常务理事。《工业设计》杂志主编、《室内》杂志顾问、《中国室内设计年鉴》编委。2004年被评为"全国有成就资深室内设计师"。

史春珊长于景观设计，环境雕塑设计及室内外设计理论研究。代表作有2005年主设哈尔滨抗日联军纪念园设计并大型雕塑群设计，获中国室内设计学会及国际IFI室内设计联合会优秀奖；2004年主设哈尔滨太阳岛风景区《浴日台》大型纪念性景观设计；江恋（城市雕塑）；1985年为缅甸国家体育馆设计巨型室外建筑装饰壁画1600m²，该工程被评为我国援外建筑工程优秀奖。

1984年以来史春珊共出版理论专著9部，其中《建筑造型与装饰艺术》、《现代形式构图原理》被评为《北方十省（市）优秀科技图书一等奖》、《建筑花格设计》评为二等奖。此外共主编《室内建筑师手册》、《建筑装饰教材》、《世界室内设计全集》等专业图书四十余部。其中《世界室内设计全集》获北方十省（市）优秀科技图书一等奖。其中3部被编入《中国优秀科技图书要览》。1984年以来在《建筑等级》、《室内》、《建筑与装修》等杂志及中国室内设计学会，国际工业设计等学会发表论文数十篇，其中《建筑形式美学》获省科学技术协会优秀论文一等奖。

JIANG CHONGYUAN

CHU MENGLAN

江崇元、楚梦兰

江崇元20世纪70年代末80年代初参与陕西彩色显像管总厂设计项目获得国家设计金奖。作为建筑专业负责人的深圳彩色显像管玻壳厂获得深圳市优秀设计奖。作为编制组成员参与编制的我国第一本建筑防腐蚀设计规范获国家科技进步三等奖，曾任首届全国防腐蚀工程标准技术委员会委员。1995年主持设计的长春名门饭店（五星级），获广东省和深圳市室内装饰设计二等奖、1997年全国室内设计大展赛优秀奖和国家旅游局1997年颁发的旅游酒店大堂设计金奖。长春名门饭店装饰工程获1997年国家鲁班奖和中国建筑装饰协会颁发的改革开放20年建筑装饰工程银奖。1996年主持设计的深圳五洲宾馆（五星级）室内设计，获1999年深圳市室内设计大展赛一等奖；深圳五洲宾馆装饰工程获1998年国家鲁班奖和中国建筑装饰协会颁发的改革开放20年建筑装饰工程金奖。1996年主持设计的深圳莲花山演艺中心室内设计获1997年新西兰羊毛局主办的全国室内设计大奖赛优秀奖和中国室内建筑师学会1997年会室内设计大奖赛佳作奖；1995年主持设计的杭州五洲大酒店获得全国旅游局1997年颁发的旅游酒店室内设计金奖和中国建筑装饰协会颁发的改革开放20年建筑装饰工程铜奖。1996年主持设计的上海大剧院装饰工程施工图深化设计获中国室内设计学会颁发的文化类建筑装饰设计大奖。装饰工程获中国建筑装饰协会颁发的改革开放20年建筑装饰工程金奖。

崇元，1935年出生于山东青岛，高级建筑师，一级注册建筑师。1962年毕业于清华大学建筑系建筑学专业，毕业后留校任学生政治辅导员一年。1963年分配到电子工业部第十设计研究院，从事建筑设计工作。1981年调到中国电子工程设计院深圳分院任主任工程师。1993年调到深圳市洪涛装饰工程公司，任总工程师。中国建筑装饰协会专家组专家，深圳市装饰行业协会专家组专家，深圳市建设工程评标专家库专家，资深高级室内建筑师。

楚梦兰，1938年出生于湖南湘潭，高级建筑师，一级注册建筑师。1962年毕业于清华大学建筑系建筑学专业。1962年至1988年在电子工业部第十设计院从事建筑设计工作。1989年至2004年在中国电子工程设计院深圳新科特种装饰工程公司任总工程师、设计总监。中国建筑装饰协会专家组专家，深圳市装饰行业协会专家组专家，深圳市建设工程评标专家库专家，资深高级室内建筑师。

楚梦兰和江崇元先后共同完成的有关建筑装饰装修设计方面的规定有：《建筑装饰装修设计深度》，该文件后经深圳市装饰行业协会专家组讨论、修改、补充，成为深圳市行业标准——《深圳市建筑装饰工程设计文件编制深度的试行规定》；《建筑装饰装修设计文件编制与制图规定》，《建筑装饰装修设计图审校提纲》发表于《中国建筑装饰》杂志。

先后在全国性专业刊物上楚梦兰和江崇元联名发表过的文章主要有：《漫谈洗手间文化》发表于《中国建筑学会室内设计学会2003年佛山年会论文集》、《中国建筑装饰》杂志；《厕所文化营造与公厕室内设计》先后发表于《中国建筑装饰》杂志、《首届全国建筑装饰行业优秀科技论文集》，2002年《亚洲室内设计联合会第二届年会论文集》，《室内设计与装饰》杂志等。

楚梦兰20世纪80年代参与设计陕西咸阳彩色显像管总厂国内设计部分，获国家优秀设计金质奖。80年代主持并参与河南安阳彩色显像管玻壳厂部分工程，获电子工业部优秀设计二等奖。80年代主持亚运会海淀体育馆建筑设计及室内设计，任总设计师，并任现场施工副总指挥。该项目获机械电子部优秀设计一等奖。90年代主持设计深圳市嘉乐潮州酒楼室内设计，获深圳市优秀工程奖。1996年主持设计厦门江头电信枢纽大厦室内设计，获深圳市装饰设计佳作奖。1996年策划安徽省邮电通讯调度中心大厦室内设计，获中装协成就展二等奖，深圳市装饰设计三等奖，该工程获2000年鲁班奖。1998年主持深圳德式堡会所工程（五星级宾馆），获深圳市装饰设计二等奖。策划北京京都信苑饭店室内设计获中装协改革开放20年建筑装饰成就展三等奖。1999年主持上海浦东软件园室内设计，获2000年中国室内设计学会佳作奖，深圳装饰设计三等奖。2000年主持北京中经网办公室室内设计，获深圳市装饰设计三等奖。2000年主持北京摩托罗拉城室内设计，获深圳市优秀设计一等奖。2001年主持设计深圳产学研基地室内设计获2002年亚太地区文化类室内设计金奖。

编委会名单

图书在版编目（CIP）数据

一代名家.4 / 淡泊，孙晓兵主编. —北京：中
国画报出版社，2006.12
ISBN 7-80220-011-3

Ⅰ.一... Ⅱ.①淡...②孙... Ⅲ.艺术—作品综合集
—中国—现代 Ⅳ.J121

中国版本图书馆 CIP 数据核字（2006）第 123233 号

一代名家·当代中国室内建筑师分卷

封面题词／沈　鹏

主　　编／淡　泊　孙晓兵

执行主编／吕小品

责任编辑／江红科

美术编辑／侯贺丽　常　兵　任　静

编　　辑／彭思雨　张秀龙　柳　琪　冯丽萍　朱　虹

出版发行／中国画报出版社
印　　刷／北京爱丽精特彩印有限公司
设计制作／北京名家经典文化艺术发展中心

开　　本／889×1194毫米　1/16
印　　张／23.75
印　　数／1-3000册
第 一 版／2006年11月第1次印刷

定　　价／670元